Ancrées dans le Nouvel-Ontario, les Éditions Prise de parole appuient les auteurs et les créateurs d'expression et de culture françaises au Canada, en privilégiant des œuvres de facture contemporaine.

Prise deparole

Éditions Prise de parole
C.P. 550, Sudbury (Ontario)
Canada P3E 4R2
www.prisedeparole.ca

Nous reconnaissons l'aide financière du gouvernement du Canada par l'entremise du Fonds du livre du Canada (FLC), du programme Développement des communautés de langue officielle de Patrimoine canadien, et du Conseil des Arts du Canada pour nos activités d'édition. La maison d'édition remercie également le Conseil des Arts de l'Ontario et la Ville du Grand Sudbury de leur appui financier.

Conseil des Arts du Canada
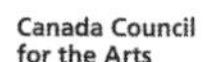

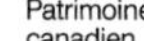

Canadian Heritage

1953
CHRONIQUE D'UNE NAISSANCE ANNONCÉE

De la même auteure

Sans jamais parler du vent suivi de *Film d'amour et de dépendance* suivi de *Histoire de la maison qui brûle,* coll. « BCF », Sudbury, Éditions Prise de parole, 2013 [1983, 1984, 1985].

Pour sûr, coll « Boréal compact », Montréal, Éditions du Boréal, 2013 [2011], prix Champlain, prix du Gouverneur général, prix Éloizes, prix Antonine-Maillet-Acadie Vie.

Petites difficultés d'existence, Montréal, Éditions du Boréal, 2002.

Un fin passage, Montréal, Éditions du Boréal, 2001.

Pas pire, coll. « Boréal compact », Montréal, Éditions du Boréal, 2002 [1998].

La vraie vie, Montréal, Éditions de l'Hexagone, 1993.

La beauté de l'affaire, Moncton, Éditions d'Acadie, 1991.

Avec Hélène Harbec, *L'été avant la mort*, Montréal, Éditions du remue-ménage, 1986.

Variations en B et K, Montréal, Éditions La Nouvelle Barre du jour, 1985.

Histoire de la maison qui brûle, Moncton, Éditions d'Acadie, 1985, épuisé ; voir nouvelle édition 2013.

Film d'amour et de dépendance, Moncton, Éditions d'Acadie, 1984, épuisé ; voir nouvelle édition 2013.

Sans jamais parler du vent, Moncton, Éditions d'Acadie, 1983, épuisé ; voir nouvelle édition 2013.

France Daigle

1953
CHRONIQUE D'UNE NAISSANCE ANNONCÉE

Roman

Bibliothèque canadienne-française
Éditions Prise de parole
Sudbury 2014

Œuvre en page de couverture et conception de la couverture : Olivier Lasser

Imprimé au Canada.

Diffusion au Canada : Dimedia

Catalogage avant publication de Bibliothèque et Archives Canada
Daigle, France, auteur
1953 : chronique d'une naissance annoncée / France Daigle.
– 2e édition.
(Bibliothèque canadienne-française)
Publié en formats imprimé(s) et électronique(s).
ISBN 978-2-89423-909-4. – ISBN 978-2-89423-780-9 (pdf). –
ISBN 978-2-89423-558-4 (epub)
I. Titre. II. Titre : Mille neuf cent cinquante-trois.
III. Collection : Bibliothèque canadienne-française (Sudbury, Ont.)
PS8557.A423M54 2014 C843'.54 C2013-905068-X
C2013-905069-8

ISBN 978-2-89423-909-4 (Papier)
ISBN 978-2-89423-780-9 (PDF)
ISBN 978-2-89423-558-4 (ePub)

À mon père, Euclide
À ma mère, Viola

Préface
1953, de France Daigle
Portrait de la romancière acadienne à sa naissance

Dans les marges de l'Amérique, une histoire invraisemblable a fait de nous des enfants adoptifs, des êtres toujours en quête de légitimité et d'acceptation. Si, avant même notre naissance, le code biologique a pu encore constituer le lieu de notre destinée primordiale, il n'a su à lui seul résoudre le mystère de notre identité au sein de cette *société d'accueil* que forment, dès les premières heures, la famille, les mots de la langue maternelle, encore indéchiffrables, et la culture primordiale dans toute sa diversité. Pour l'enfant qui voit le jour, il s'agit d'une deuxième naissance à un monde qu'il (ou elle) partage désormais avec les autres et dont les bruits l'atteignent déjà par des voies toujours intermédiaires, par de « fins passages » de sens, par des régimes tournoyants d'images, de lettres, de récits et de croyances.

Or comment faire sens de cette rumeur primitive, cette archive bruyante au cœur de l'identité dont, devenus adultes, nous n'avons plus aucun souvenir ? Comment cela s'est-il passé ? Après tout, si nous sommes venus au monde à Moncton, Paris, Longueuil ou Kapuskasing, c'est là le fruit d'un pur hasard. C'est ainsi que des figures évanescentes vont et viennent dans la mémoire. Ainsi resurgissent les années, les époques, les événements dont nous ne savions pas qu'ils nous accompagnaient depuis le premier moment : l'élection d'un pape ou d'un dirigeant politique, la remise d'un prix littéraire, une épidémie, l'invention de la télévision, l'accession au trône d'un monarque, la sortie d'un film ou d'une chanson, un exploit sportif, une guerre, une révolte populaire, un anniversaire ou une commémoration. Le monde était alors peuplé de nos proches et de personnages publics dont les noms semblaient aller de soi, portés par la rumeur ambiante. Des milliers de faits divers et d'objets emblématiques circulaient quotidiennement aux abords de la conscience. Les journaux et la télévision étaient saturés de leur présence.

Si le flux bavard du temps est intimement lié à notre identité, ne reste-t-il pas radicalement étranger à cette histoire lointaine des premières heures qui nourrit depuis toujours nos gestes, nos convictions, nos fantasmes, notre vie même ? Par quel étrange subterfuge pourrait-on arriver à déterminer à rebours ce qui s'est alors imposé à la conscience naissante, au lendemain de l'accouchement, le jour même de l'arrivée du nouveau-né dans la cohue de son entourage ? Il faudra bien un jour qu'on s'y mette, qu'on fasse de l'ordre dans tout cela. Comprendre l'origine !

✣

En 1995, la parution de *1953, chronique d'une naissance annoncée* marque un tournant important dans l'œuvre romanesque de France Daigle. Sans pour autant laisser de côté le travail formel qui avait été la marque des premières œuvres, le roman évoque pour la première fois une réalité acadienne facilement identifiable. *La vraie vie,* un court récit publié deux ans auparavant, avait déjà ouvert la porte à une matière narrative moins lacunaire, plus volontiers accessible. Certains personnages, comme Élizabeth et Claude, réapparaîtront d'ailleurs dans *1953* et témoigneront de la fidélité extraordinaire de l'écrivaine à l'élaboration d'un projet littéraire concerté. À la fois roman et essai, *1953, chronique d'une naissance annoncée* nous invite à assister aux premiers jours de Bébé M. et à reconstituer à partir de cet événement son entrée dans l'histoire sociopolitique et culturelle de l'Acadie.

Bébé M., c'est France Daigle elle-même, ou plutôt la part première qui échappe toujours à la romancière à l'affût de son histoire personnelle. Car le hasard a voulu que cette enfant naisse à Dieppe au Nouveau-Brunswick, dans une famille acadienne semblable à celle de l'auteure et de sa narratrice. Comme un « organe greffé », sous la protection de Garde Vautour et d'une mère affectueuse, mais quelque peu dépassée par les événements, Bébé M. apprend déjà miraculeusement à sonder la culture ambiante et la diversité de ses discours, réverbérée par la figure forte du père, alors journaliste au quotidien *L'Évangéline.* Nous sommes en 1953, et cette date éminemment personnelle de la naissance de la romancière sert de pivot commémoratif autour duquel gravite une petite société acadienne étonnamment ouverte au monde.

Récit autofictionnel, *1953* dénote l'entrée de l'imaginaire historique acadien dans une œuvre qui était restée jusque-là plutôt dénuée de références identitaires précises. On y retrouvera non seulement certaines institutions de Moncton comme l'hôpital, le journal *L'Évangéline*, sans doute alors à son apogée, la Société mutuelle L'Assomption ou le cinéma Empress, mais aussi et surtout une panoplie d'événements aussi bien mondiaux que locaux, politiques que littéraires, qui, au moment de la naissance de la romancière en 1953, occupent l'avant-scène de l'actualité. Il s'agira donc ici d'une double chronique. En effet, à la venue au monde de la petite fille revêche au sein d'une famille acadienne assez typique du tournant des années 1950 répondra l'avènement d'une Acadie traversée jusque dans ses structures profondes par les courants politiques de l'après-guerre et les premiers éclats médiatiques de la modernité.

1953, chronique d'une naissance annoncée correspond alors à un geste d'anniversaire. Le livre sera la synthèse d'une année inaugurale au milieu d'une myriade d'événements qui constitueront la matière première du sujet naissant. 1953 : ces quatre chiffres témoigneront d'un nouveau « rapport au monde » et d'une nouvelle conception des marges. Lecture postmoderne de l'histoire sociale et de l'autobiographie, ce récit de France Daigle oscille entre ses deux formes potentielles, celle de l'essai historique, relié au journal du père et aux événements nationaux et internationaux dont il rend compte, ou encore celle de l'invention, empruntant à l'autobiographie et au récit de vie. Ce va-et-vient, à la manière du match de tennis évoqué dès les premières pages, est bien plus qu'une dualité générique, car il reflète pleinement l'ambivalence fondamentale de l'enfant qui, accédant pour la première fois à son identité sociolinguistique, hésite entre le refus et l'acquiescement.

Il n'est pas étonnant que les écrits de Roland Barthes, notamment *Le degré zéro de l'écriture*, un ouvrage déterminant dont la parution coïncide justement avec la naissance de Bébé M. et de l'écrivaine elle-même, soient repris explicitement par France Daigle dans ce récit aux formes assez particulières. Barthes, et l'essai autobiographique qui sera la marque de son écriture, constitue certainement l'une des sources intertextuelles du récit de France Daigle. Cette référence permet à la romancière de se tenir à l'écart de l'histoire racontée – dont on sait pourtant qu'elle lui appartient au premier chef –; elle autorise aussi une réflexion sur les intentions qui motivent l'écriture du récit et cette relation complexe et angoissante d'absorption et de rejet du monde qui la caractérise. « Car un romancier ne vit pas, il broie. Il démonte la vie, s'excite à la vue de ses innombrables composantes, puis passe des nuits blanches à se demander comment il va faire pour redonner souffle à cette matière inerte. » Chez Daigle, cette matière composite de l'écriture ne renvoie pas vraiment à une géographie familière, un village ou une rue où on aurait grandi. Elle ne s'éclaire, au contraire, que par un travail de récupération minutieuse de la logique du temps et une lutte acharnée contre l'oubli, même partiel, de cette traversée des heures et des jours qui, depuis la naissance, rythme l'appartenance de chacun et de chacune à une communauté aussi fondamentale que fictive. L'écrivain ne cesse de retourner les pierres de son passé et de celui des siens. Narrer l'oubli est son travail et sa méthode. Il va, écrit Daigle,

« [c]omme un vagabond qui suit sa route. Vers sa prochaine destination. Qui sera peut-être une déviation. Mais une déviation sans importance au fond, puisqu'il porte sur lui ses racines. » Voilà ce qu'il faut sonder, cette part du passé où nous étions sans voix et où nous avons eu à naître en marge du réel. C'est pourquoi, dès sa venue au monde, la vie de Bébé M. est une lutte contre le temps, à la manière de la culture acadienne dans laquelle l'enfant est appelée à s'inscrire. C'est alors que l'opposition entre l'héritage biologique et sa contrepartie culturelle devient la détermination essentielle dans ce récit.

1953 témoigne aussi de la présence tutélaire du père dans la vie de la future écrivaine. Tout semble passer par le filtre de son travail de « scripteur » au journal *L'Évangéline*. C'est sur lui que repose la transmission de la « connaissance populaire » et par lui que le monde extérieur pénètre au quotidien la communauté acadienne et la conscience de l'enfant. C'est ainsi qu'encore à l'hôpital, sous la tutelle de Garde Vautour, Bébé M. est confrontée aux nouvelles internationales et aux personnalités politiques, littéraires et scientifiques qui dominent le paysage culturel occidental au début des années 1950. Fascinées par ce tourbillonnement de nouvelles, la mère de l'enfant et l'infirmière sont elles-mêmes d'avides lectrices du journal dont les chroniques provoquent chez elles de nombreuses discussions. En un sens, le récit autofictionnel s'accompagne d'un véritable essai sur le contenu éditorial du seul quotidien acadien dans le contexte mouvant de l'après-guerre.

Journaliste d'avant-plan et « scripteur engagé », le père de Bébé M. est au fait de l'actualité mondiale. Au terme de sa journée de travail, il rapporte par exemple au foyer familial les nouvelles des obsèques de Joseph Staline et de Benito Mussolini, de l'anniversaire d'Albert Einstein, de l'attribution des prix Nobel de 1953, des préparatifs en vue de construire et de tester une première bombe aux îles Marshall dans le Pacifique, et surtout du couronnement récent de la reine Elizabeth d'Angleterre, le 6 février 1952. Les tribulations et intrigues de la famille royale britannique, magnifiées par la presse, servent d'ailleurs de repoussoir à l'exiguïté de la société acadienne où circulent, de toute évidence, trop peu de nouvelles.

Ainsi, enceinte de Bébé M. et écrasée par les tâches domestiques, la mère se prend souvent à rêver du couple royal : « [a]ssise dans la berceuse du coin de la cuisine, les pieds sur un tabouret, tasse de thé en main, la mère de Bébé M. essaye d'imaginer la vie de la nouvelle reine, femme du même âge qu'elle ». Par l'univers fascinant du journal, elle parvient à dépasser les limites de sa vie quotidienne, montrant la voie à sa fille à peine née. Or celle-ci entrevoit déjà les personnages fictifs auxquels elle donnera à son tour naissance, des personnages féminins plus forts, plus déterminés, capables de « devenir à [leur] tour *un support de l'axe sur lequel se meut l'univers* ». Ces êtres fugitifs hantent déjà le récit de 1953, comme des traces intemporelles. Élizabeth, présente dans les textes antérieurs, suivra pas à pas aussi, comme la mère de Bébé M., le couronnement de son homonyme dans son palais de Londres.

1953, chronique d'une naissance annoncée constitue une sorte de pause stratégique dans l'œuvre romanesque de

France Daigle. Si le récit revient au point d'origine, à la conception et à la naissance même de l'écrivaine, c'est pour mieux comprendre ce qui viendra longtemps après. Au moment de la publication du roman en 1995, nous sommes à mi-parcours, le travail de la fiction est à moitié terminé, et il y a encore, on le pressent, beaucoup à faire: d'autres livres à écrire, d'autres destinées à inventer, dont celles de Terry et Carmen, le couple acadien emblématique qui occupera le centre des œuvres des années 2000. Tout cela est encore à venir. La romancière a senti le besoin de s'arrêter, « [u]n peu comme au baseball, lorsque le frappeur d'un circuit, sachant qu'on ne pourra le mettre hors jeu, prend le temps de bien enfoncer le pied dans les coussins en passant». Comme son personnage d'Élizabeth, France Daigle revient alors pour la première fois à Dieppe surprendre les siens et les interroger, par l'entremise du journal *L'Évangéline*, au titre si chargé de sens, sur cette nouvelle-née qu'elle a été face à sa culture acadienne dans le Nouveau-Brunswick de l'après-guerre.

Pourquoi avoir si longtemps blotti en soi ce qui brillait par ses reflets et l'évidence de la langue? C'est bien dans cette ville, ce «bout du monde», qu'elle est née. Ce qui compte maintenant, c'est cette langue natale que l'enfant des premières heures avait d'abord rejetée, pour ensuite y consentir bravement. Cette réalité du sud-est du Nouveau-Brunswick ne quittera plus l'œuvre de la romancière: au contraire, elle deviendra le cœur d'une enquête fascinante sur la naissance encore, sur la langue, sur la culture minoritaire comme un espace d'une complexité insoupçonnée. Après la pause emblématique que constitue *1953*, chacun des récits mettra en exergue un «enchevêtrement d'êtreté, à l'image de cet enchevêtrement acadien, qui roule en liberté et que l'on ne peut qu'admirer en le regardant passer». Si l'écriture, par ses «opérations de détachement» évoquera toujours aux yeux de l'écrivaine la mise en place d'une distance salutaire à laquelle elle aspirera, elle ne pourra jamais entièrement s'y résigner. Elle sait désormais que, «scriptrice engagée», elle arpentera au moyen du caducée hermétique de l'écriture romanesque les «forces contraires» qui l'habitent.

François Paré
Université de Waterloo

Préambule

La balle revient. Chaque balle est un défi.

Lorsqu'un récit commence par une scène de sport – cela se voit surtout au cinéma –, il y a de fortes chances que le propos réel de l'histoire qui s'annonce soit tout à fait autre. Ce genre d'ouverture, qui appelle doucement et de loin son sujet, fait partie des conventions qui se sont installées avec le temps entre les créateurs et leur public. La scène de sport ne sera pas comprise dans son sens documentaire, elle mènera forcément à autre chose. Dans ce sens, elle est devenue une sorte de cliché. Et, bien entendu, à moins de pouvoir en user avec finesse, le créateur doit se tenir loin des clichés. Par contre, le désir d'éviter le cliché à tout prix peut faire basculer dans un autre travers, celui, lassant à la longue, de l'originalité sans limite, autre piège de la création. Problème d'auteur.

Et la balle revient.

Ce début de récit montrant un personnage momentanément échauffé par son sport – Brigitte dans ce cas-ci – peut plaire autant qu'il peut déplaire. On peut aimer ou ne pas aimer cette tentative de langage, cette façon de partir à la conquête du sens. Car indépendamment du fait d'aimer ou de ne pas aimer cette scène, on devine que ce déploiement de force physique trouvera son égal du côté métaphysique. Ainsi commence l'exercice dans l'esprit du lecteur-spectateur, l'exercice de comprendre ce que signifiera, ultimement, cette image de Brigitte dont le corps réagit comme une machine à la balle qui n'en finit plus de revenir. Dans cette recherche de signification, le lecteur-spectateur, tout comme le personnage perdu dans son sport, est emporté dans le jeu d'une certaine difficulté et d'une certaine habileté, qui sont la base de tout exercice. On peut aimer ou ne pas aimer. Problème de lecteur.

Chaque balle est un défi.

La dernière fois que je me suis assise pour écrire quelque chose comme un roman, j'avais commencé par une espèce de longue réflexion sur la nidification des merles d'Amérique. On commence où on peut. Il s'agissait en gros d'établir si le printemps avait été précoce au point de permettre aux merlettes d'entreprendre une deuxième période d'incubation, et d'enrichir ainsi l'été de deux séries d'oiselets. En fin de compte, je laissai complètement tomber ce chapitre car il n'avait plus vraiment sa place dans le livre. Par la suite, je me suis souvent demandé comment j'avais pu l'éclipser tout à fait, tellement il m'avait paru aller droit à l'essentiel lorsque je l'avais écrit. Simple bavardage? Décharge de mots parce qu'il faut bien commencer quelque part? Revoyons ce chapitre de *La vraie vie* qui s'intitulait «Les œufs de merle».

Élizabeth remarque, depuis plusieurs jours, des moitiés de petites coques bleu clair ici et là sur les trottoirs et parterres du quartier. Elle sait que ce sont des coques d'œufs de merle. Ce sont les seuls œufs qu'elle sait reconnaître à part les œufs de poule et les œufs de Pâques. Les apercevant, elle pense tout de suite que des chats se sont attaqués aux nids, rejetant les œufs encore chauds par-dessus bord, comme des vandales. Élizabeth s'est toujours méfiée des chats et la découverte de ces coques la confirme dans sa méfiance. Il ne lui effleure même pas l'esprit que les oisillons se sont peut-être déjà défaits de leur coquille. Pour elle, cela est impossible, car l'hiver vient à peine de finir.

Élizabeth s'était longuement penchée sur la première moitié de coque qu'elle avait aperçue. Le bleu était très pâle. Trop pâle. À la décharge de l'espèce féline, elle était revenue un peu sur sa première réaction et avait admis la possibilité que l'œuf eût pu être rejeté par la merlette qui, dans sa sagesse instinctive, avait reconnu un œuf malade, pour ainsi dire. Élizabeth fut tentée de ramasser la coque et de la garder dans la poche de son manteau, mais elle ne le fit pas, de peur de l'écraser par inadvertance avant la fin de la journée. Cependant, elle la cueillit le même soir alors qu'elle revenait à pied de l'hôpital. C'était pour elle comme un objet de valeur. Dans les jours qui suivirent, elle aperçut encore plusieurs moitiés de ces coques bleu pâle. L'une avait été écrasée sous un pied qu'elle soupçonna malveillant. Un petit morceau de duvet était resté collé à une autre coque. Élizabeth conclut encore une fois à un cruel saccage des nids, avant de reconnaître que le duvet pouvait aussi provenir du ventre de la couveuse.

Finalement, au bout de quelques jours, et malgré sa difficulté à y croire, l'abondance de coques obligea Élizabeth à conclure que les oisillons étaient bel et bien nés. Son regard, jusque-là rivé sur le sol, monta alors vers le ciel et les arbres, image d'un cliché religieux qui lui fit penser à saint François d'Assise. Cependant, elle ne vit ni entendit rien de neuf. Elle regarda dans le creux d'une grosse branche où un couple de merles s'était installé l'année précédente. Encore rien. Ni merles adultes allant et venant, se partageant les tâches du nid, ni cris incessants émanant de petits becs pointés vers le ciel. Élizabeth demeura aux aguets encore un moment, puis continua sa marche vers l'hôpital.

Élizabeth ne fait généralement pas d'insomnie. Toutefois, de temps à autre, il lui arrive de se réveiller soudainement la nuit après avoir dormi profondément pendant quelques heures. Elle s'étonne chaque fois de la netteté de ce réveil. Chaque fois, elle a l'impression de passer tout d'un coup du noir au blanc. C'est à la suite d'un de ces réveils qu'elle entendit un jour, alors qu'il faisait encore nuit, le chant insistant d'un merle qui siffla le même refrain une vingtaine de fois avec autant de conviction à la fin qu'au début. D'autres oiseaux chantaient au loin. Certains avaient l'air de lui répondre. À force d'écouter, Élizabeth finit par distinguer plus près de sa fenêtre un petit chœur qui faisait véritablement écho au merle. Elle eut aussitôt l'impression d'assister à quelque chose d'extraordinaire. Élizabeth crut en effet reconnaître une tentative résolue des oisillons à apprendre leur langue de merle en imitant le chant du merle adulte. Élizabeth écouta encore plus attentivement. Tout confirmait sa première impression. Elle se demanda si cela était possible. Elle était consciente que sa façon d'interpréter la vie faisait parfois sourire autour d'elle. Elle ne s'en offusquait pas. Au contraire, elle se réjouissait que ses interprétations servent à déconcerter, au moins pendant un moment, le chassé-croisé serré de la connaissance.

Le petit concert dura encore une minute ou deux, après quoi les petits, qui faussaient et qui manquaient de souffle, furent incapables de se rendre au bout du refrain. Le merle adulte tenta encore quelques fois de les enjoindre à chanter, mais il dut se résigner. Et dans le silence qui suivit, Élizabeth retourna doucement au sommeil, satisfaite de savoir les merleaux bel et bien nés, et heureuse d'avoir pu constater qu'ils avaient déjà commencé à apprendre.

Au cas où cela aurait une incidence, j'ajoute que le chapitre suivant devait s'intituler « i comme dans Italie, ou le sommeil paradoxal ».

La balle revient. Chaque balle est un défi.

Chapitre I
Le tronc cœliaque

Admission de Bébé M. à l'hôpital – Une maladie du refus – Le style selon Roland Barthes – Prix Nobel de littérature à Winston Churchill – L'homme engagé et le téléscripteur – L'impact de l'homme engagé et du téléscripteur sur Garde Vautour et sur la mère de Bébé M. – Péristaltisme et langue maternelle selon Françoise Dolto – Le chaos de la continuité et le silence des organes – Garde Vautour et l'instinct de littérature – Impertinence du maréchal Tito – Des bananes aux enfants tchèques – Triomphe du Personnage sur l'Histoire

Garde Vautour fait attention de ne pas tirer Bébé M. de son sommeil en la soulevant des bras de sa mère. La petite qui pleurait, il y a quelques minutes, vient tout juste de s'endormir. Elle est terriblement pâle et ses yeux cernés sont comme tombés dans le fond de sa tête. Dans quelques minutes, lorsque Garde Vautour changera la couche de Bébé M. pour la première fois, elle verra son ventre gonflé et dur comme un ballon. Ce ventre protubérant fait contraste avec le reste du corps de Bébé M., qui n'a presque plus de graisse dans les fesses et les cuisses. La peau de ses aines est plissée comme celle d'un vieillard.

En déposant son enfant dans les bras de la

garde-malade, la mère de Bébé M. est quelque peu soulagée de voir quelqu'un d'autre prendre la relève. Mais ce sentiment ne trahit que son désarroi, car la mère de Bébé M. n'a jamais eu d'enfant aussi malade. Elle a pourtant prodigué à Bébé M. les mêmes soins qu'aux quatre enfants qui l'ont précédée et qui sont tous bien portants. Il est vrai qu'au début, elle ne s'était pas inquiétée outre mesure du fait que Bébé M. ne mangeait qu'à contrecœur. Il pouvait arriver qu'un enfant rechigne devant sa nourriture. Ensuite, après que Bébé M. eut vomi à quelques reprises, la mère avait plus ou moins conclu à un virus, à un malaise passager. Mais la persistance des diarrhées profuses et nauséabondes de l'enfant l'avait rendue fort perplexe. Le diagnostic du médecin avait d'ailleurs fini par confirmer l'étrangeté du phénomène.

Au début des années cinquante, on ne connaissait pas véritablement la cause de la maladie cœliaque, aussi appelée infantilisme intestinal ou sprue idiopathique. La maladie était néanmoins passée de mortelle à guérissable, moyennant un régime alimentaire ultrasévère dont il ne fallait absolument pas déroger. En plus d'accroître le taux de guérison des enfants cœliaques, le traitement diététique venait aussi réfuter la prétendue origine psychique de la maladie. En effet, beaucoup de médecins et de chercheurs croyaient que la maladie cœliaque était une maladie psychologique axée sur le refus. Ils signalaient l'absence de toute expression de joie et de plaisir dans le faciès de l'enfant cœliaque, qui préférait concentrer son attention sur lui-même plutôt que sur les objets et les personnes de son entourage.

En prenant Bébé M. des bras de sa mère, Garde Vautour a elle aussi l'impression de n'avoir jamais vu un enfant aussi malade. Les petits yeux creux et fermés de Bébé M. ainsi que son petit corps éthéré, presque sans vie, atteignent Garde Vautour jusqu'au tréfonds de son être. D'une certaine manière, elle ne supporte pas cette souffrance, mais elle désespère d'amour pour la situation. Et pendant que Bébé M. passe dans ses bras, il se produit quelque chose que Garde Vautour ne peut nommer, quelque chose qui fait penser à un voile qui tombe et qui recouvre la vie, toute vie, propulsant par le fait même Garde Vautour dans son orbite de mouvement.

Le tronc cœliaque est un tronc artériel rattaché à l'aorte à la hauteur de la douzième vertèbre dorsale. Il fait partie du plexus cœliaque, qui se détache du plexus solaire. Le tronc cœliaque mesure de un à trois centimètres et compte trois branches terminales. Il apporte le sang artériel au foie, à l'estomac, au grand épiploon, à la rate et en partie au pancréas. Le tronc cœliaque ressemble donc aux milliards de systèmes ou d'organisations qui font que la terre tourne plutôt rondement, avec des hôpitaux pour malades et toutes sortes d'autres faits de civilisation. Comme le démontre le dossier médical de Bébé M., l'Hôtel-Dieu de l'Assomption de Moncton n'était pas exclu de cet univers fabuleux de l'organisation. Il ressort de ce document d'archives (autre preuve de cette magnifique organisation) qu'à part quelques congés sans doute bien mérités, deux infirmières se sont pratiquement relayées, jour et nuit, auprès de Bébé M. pendant son séjour de trois semaines à l'hôpital. Garde Vautour prodiguait ses soins et guettait les ébats de Bébé M. le jour, tandis que sa collègue Garde Comeau veillait sur l'enfant la nuit.

Le traitement dispensé à Bébé M. fut sensiblement le même pendant toute la durée de son séjour à l'hôpital : injections dans les fesses, alimentation, toilettage. Dans leurs annotations quotidiennes, Garde Vautour et Garde Comeau rapportaient le degré de distension et de dureté de l'abdomen ainsi que la couleur et la consistance des selles. Elles précisaient que l'enfant n'était pas difficile, qu'elle se montrait contente de boire et de manger et qu'elle dormait d'un sommeil paisible. De temps en temps, elle pleurait. Néanmoins, la remarque *peu de changement* revient comme un refrain à la fin de presque toutes leurs observations périodiques, faisant mentir le comportement quasi angélique de Bébé M., qui ne cessait de broyer à mort les aliments pour ensuite les expulser sans retenue aucune. Ces diarrhées hors du commun ne sont que la conclusion du processus maladif qui commence on ne sait où au juste, peut-être dans le pancréas, peut-être dans le foie, peut-être dans l'estomac. Ou peut-être dans le cerveau, dans la zone où s'exprime le refus. Et justement, cette cause inconnue de la maladie cœliaque pousse Garde Vautour et Garde Comeau à soigner autant l'esprit que le corps de Bébé M. Garde Vautour est particulièrement sensible à cela. Elle pense autant à l'âme qu'au corps de Bébé M. chaque fois qu'elle lange l'enfant. D'ailleurs, elle lave toujours Bébé M. avec un soin particulier et ensuite elle prend toujours le temps de la cajoler en prononçant des mots alors volés à l'éternité, mais qui lui ont été retournés depuis.

⁂

Et pendant que Bébé M. se montre imperméable aux nutriments nécessaires à sa survie, Roland Barthes écrivait dans *Le degré zéro de l'écriture* que *la langue est comme une Nature qui passe entièrement à travers la parole de l'écrivain, sans pourtant lui donner aucune forme, sans même la nourrir: elle est comme un cercle abstrait de vérités, hors duquel seulement commence à se déposer la densité d'un verbe solitaire.* Il précisait que *des images, un débit, un lexique naissent du corps et du passé de l'écrivain et deviennent peu à peu les automatismes même de son art,* que *ses références sont au niveau d'une biologie ou d'un passé, non d'une Histoire,* et que son style n'est rien d'autre que *la voix décorative d'une chair inconnue et secrète fonctionnant à la façon d'une Nécessité... une espèce de poussée florale... le terme d'une métamorphose aveugle et obstinée, partie d'un infra-langage qui s'élabore à la limite de la chair et du monde.*

Affrontant une nouvelle fois le langage de Bébé M., Garde Vautour ne sait pas qu'elle change la couche et lave les fesses d'une écrivaine. Elle ne sait pas qu'elle a les deux mains plongées dans la littérature en devenir. Elle ne peut apprécier à leur juste valeur les nuances de jaune, de vert et de gris des excréments, sans parler de leur texture graisseuse, de leur fréquence et de leur puanteur. Garde Vautour ne pense pas à la littérature. Elle pense à la vie, à celle de Bébé M. en particulier, qui semble toujours aussi indifférente au fait que la vie pourrait à tout moment lui échapper, se glisser, prendre une autre route, aller s'établir ailleurs. Elle cherche le fil par lequel ramener l'enfant à la vie. Le médecin a ordonné que l'on nourrisse Bébé M. de bananes. Garde Vautour lui tend des bananes. Et encore des bananes.

Garde Vautour ne croit pas connaître grand-chose de la littérature. À vrai dire, la littérature est une chose à laquelle Garde Vautour ne pense pas. Pas directement du moins. Car tout de même, elle devine chez Bébé M. une intention d'inaccessibilité, un semblant de camouflage. Elle sent que Bébé M. ne fait que rôder autour de la maladie au lieu d'y entrer pleinement. Cela explique d'ailleurs la difficulté de briser l'état de stagnation de l'enfant. D'un autre côté, Garde Vautour croit aussi que quelque chose retient nécessairement Bébé M. à la vie. Elle pense que cette chose, c'est peut-être la maladie elle-même, comme si pour Bébé M. la maladie était une attirance positive, une porte vers la vie. Alors que pour le commun des mortels, la maladie est une porte de sortie, chez Bébé M. elle deviendrait une porte d'entrée. Garde Vautour est donc à l'affût d'autres signes démontrant que Bébé M. aurait décidé de franchir la porte de la vie. Aussi fait-elle tout son possible pour donner l'occasion à Bébé M. de manifester ce choix. Mais les jours passent et rien ne transparaît. Bébé M. accepte la nourriture qu'on lui donne, se soumet aux injections, dort sagement la plupart du temps, se laisse langer et bercer, mais jamais elle ne cède à la vie. Elle garde la vie emprisonnée sous la coupole de son ventre dur et rond et ne la laisse sortir qu'au bout de lentes et longues ruminations ponctuées d'excréments aussi informes que fétides.

L'intuition de Garde Vautour concernant Bébé M. rejoignait d'ailleurs celle de Barthes, selon qui *le style est proprement un phénomène d'ordre germinatif, … la transmutation d'une Humeur dont le secret est un souvenir enfermé dans le corps de l'écrivain.* Il est sans doute heureux que Garde Vautour n'ait pas lu *Le degré zéro de l'écriture* au moment de sa parution. Elle aurait pu trouver Bébé M. effrontée de s'accaparer ainsi le monde médical à des fins littéraires. Fallait-il se donner autant de mal pour naître à la littérature ? De toute façon, même si elle avait lu ce livre, Garde Vautour n'aurait pas eu le recul nécessaire pour saisir le portrait d'ensemble. La maladie cœliaque, ou l'infantilisme intestinal, ou la sprue idiopathique, n'était qu'une des composantes de ce corps d'écrivaine orbitant autour de son éternel sujet *comme une Fraîcheur au-dessus de l'Histoire.*

En 1953, le monde occidental fut témoin d'un autre grand moment littéraire, outre la parution du *Degré zéro de l'écriture* de Roland Barthes. Cette année-là en effet, le prix Nobel de littérature fut décerné à nul autre qu'au légendaire vainqueur de la Seconde Guerre mondiale, le premier ministre britannique Winston Churchill. L'attribution de ce prix Nobel au célèbre fumeur de cigare ne fit cependant pas l'unanimité. Beaucoup étaient d'avis que le prix Nobel de littérature devait souligner l'apport d'un auteur de fiction plutôt que celui d'un as de la description historique ou biographique. Cette attribution de la récompense des récompenses littéraires à monsieur Churchill en laissa donc plusieurs sur leur faim. Certains crurent même que les membres de l'Académie suédoise des lettres s'étaient fourvoyés, qu'ils avaient pris le Personnage pour l'Histoire.

Winston Leonard Spencer Churchill se prête en effet à autant d'interprétations que la Littérature ou l'Histoire elles-mêmes. Sa personnalité flamboyante n'était certainement pas étrangère au fait qu'en 1923, un critique l'accusa d'avoir écrit *un énorme ouvrage sur lui-même* et de l'avoir intitulé *La crise mondiale*. Churchill frisait alors la cinquantaine. Il avait déjà enjambé un tournant de siècle et une guerre mondiale. Celui qui deviendrait *l'animateur* de la Seconde Guerre avait déjà démontré qu'il avait *pour la guerre un goût d'artiste*, qu'il n'avait *jamais été attiré par les causes perdues* et que *jamais il ne s'était senti mal préparé à aucune tâche*. Lorsqu'on lui décerna le prix Nobel de littérature, à l'automne 1953, il s'apprêtait à fêter ses 79 ans. Son anniversaire de naissance tombait d'ailleurs le même jour que celui de la mère de Bébé M.

Dans son livre *Winston Churchill et l'Angleterre du XXe siècle*, l'historien français Jacques Chastenet évoque *les enfances churchilliennes* pour aborder la complexité du personnage, sans doute parce qu'une seule enfance aurait difficilement pu contenir tout le bagage que lui laissait, du côté paternel, une lignée britannique d'hommes de guerre et d'hommes d'État longue de deux siècles et, du côté maternel, un sang américain ruisselant de vedettariat new-yorkais, dont quelques gouttes étaient d'origine iroquoise. La famille de Lady Randolph Churchill, née Jenny Jerome, était en effet de souche américaine depuis le début du 18e siècle. Son père, Leonard Jerome, qui avait été diplomate avant de s'enrichir à la Bourse, s'était aussi porté acquéreur du *New York Times*. Il avait un goût prononcé pour les chevaux, était collectionneur de tableaux et amateur de théâtre. De là à ce que son petit-fils Winston se consacrât à la peinture et à l'écriture pendant les périodes creuses de sa carrière politique et militaire, il n'y avait qu'un pas.

La nobélisation de Winston Churchill suivait celle,

en 1952, de François Mauriac, un romancier catholique français qui était aussi dramaturge, biographe, poète et journaliste. Le Comité Nobel de l'Académie suédoise des lettres avait souligné la profondeur spirituelle et l'intensité artistique des romans semi-autobiographiques de Mauriac, romans qui montrent l'homme déchiré par les forces du bien et du mal, par la faiblesse de la chair et les aspirations élevées de l'esprit. Winston Churchill avait quant à lui résumé: *Je suis un homme très simple mais ce qu'il y a de meilleur au monde n'est pas trop bon pour moi!* Après la nobélisation de Churchill vint celle, en 1954, de l'Américain Ernest Hemingway, que l'on cita pour la puissante maîtrise de la narration dont il avait fait preuve dans *Le vieil homme et la mer*. Même si l'Académie suédoise commença par lui reprocher le style plutôt brutal et cynique de ses débuts, elle se laissa amadouer par le *pathétisme héroïque* des écrits de Hemingway, ainsi que par *son amour viril du danger et de l'aventure*. Finalement, les jurés du prix Nobel de littérature louangèrent *l'admiration naturelle* qu'avait l'ex-journaliste *pour tout individu qui se bat du bon côté dans un univers où la réalité est obscurcie par la violence et la mort*. Pour Churchill, qui aimait la vie, la guerre était une forme de vie, bien qu'il eût horreur du sang versé inutilement.

L'omniprésence du journalisme dans la carrière de Mauriac, de Churchill et de Hemingway, pour ne nommer que ceux-là, n'a rien de surprenant. Dans le chapitre «Écritures politiques» du *Degré zéro de l'écriture*, Roland Barthes expliquait justement que *l'expansion des faits*

politiques et sociaux dans le champ de conscience des Lettres a produit un type nouveau de scripteur, situé à mi-chemin entre le militant et l'écrivain, tirant du premier une image idéale de l'homme engagé, et du second l'idée que l'œuvre écrite est un acte. Le groupement des mots *type nouveau de scripteur* fait d'ailleurs penser au mot *téléscripteur*, cette machine plus ou moins infernale qui vomissait un fil continu de dépêches dans les salles de rédaction. Or, le père de Bébé M. était justement de ce nouveau genre de scripteur. L'acte, dans son cas, consistait à tout faire pour que tous les jours paraisse *l'Évangéline*, journal qui permettrait aux Acadiens de ne pas être retranchés du réseau névralgique de la terre. La mission ne tombait pas à plat. Garde Vautour, par exemple, lisait *l'Évangéline* tous les matins avant de se rendre à l'hôpital. Après un coup d'œil rapide sur les grands titres, elle plongeait dans la chronique « Autour du monde », une collection de nouvelles brèves relatant toutes sortes d'événements et d'incidents d'importance variable. C'est un peu à partir de cette chronique que Garde Vautour se faisait un portrait global de l'humanité. Son opinion de l'humanité était d'ailleurs tout près d'être complètement formée lorsqu'elle prit Bébé M. dans ses bras, au moment de sa naissance, en 1953. Sa perception du monde n'avait d'ailleurs pas beaucoup changé lorsque Bébé M. revint à l'hôpital pour son séjour cœliaque, en 1954. Pour Garde Vautour également, les dés étaient jetés, et il ne restait plus qu'à digérer le résultat.

Bébé M. naît donc au moment où commence cet immense travail de digestion. Déjà, sa période de gestation lui en a fait voir de toutes les couleurs, ne serait-ce qu'en cérémonies aussi nobles et grandioses les unes que les autres. Le mois de janvier marqua le ton pour le reste de l'année. Bébé M., qui n'était pas encore conçue mais qui existait à l'état de probabilité incontournable, fut donc témoin de la réalisation du rêve de Pie XII de compléter le Sacré Collège, chose que les 16 papes qui avaient succédé à Clément XI, au début du 18e siècle, n'avaient pas pu accomplir. Au cours de ces quelque 250 années, la mort était toujours intervenue de sorte à créer des vacances parmi les 70 sièges du Sacré Collège, plenum établi par Sixte Quint en 1585 pour rappeler les 70 vieillards dont Moïse s'était entouré pour gouverner le peuple d'Israël. Le consistoire convoqué par Pie XII devait donc promouvoir 24 éminences au cardinalat pour combler autant de sièges vacants. Le consistoire en tant que tel se déroula derrière des portes closes pendant plusieurs jours, mais il prit fin avec une *cérémonie sans précédent dans le monde entier par sa splendeur et sa pompe*. Seize des nouveaux cardinaux, dont l'archevêque de Montréal, Mgr Paul-Émile Léger, y devinrent Princes de l'Église sous le regard de 40 000 personnes qui virent d'abord le Souverain Pontife se faire porter sur sa chaise gestatoire, d'un bout à l'autre de la basilique Saint-Pierre de Rome. Ensuite, les nouveaux cardinaux, *vêtus de robes de pourpre garnies d'hermine*, se prosternèrent humblement sous la voûte de la basilique vaticane, pendant que le chœur pontifical chantait *Tu es Petrus*. Avaient aussi défilé *les gardes nobles aux casques luisants, les gardes suisses portant leurs hallebardes du 16e siècle, les gardes du Palatin dans leurs uniformes bleu foncé à boutons d'or et les gendarmes pontificaux dans leurs vêtements variés*. À différents moments au cours de la cérémonie, les nouveaux cardinaux prêtèrent serment, se couchèrent face contre terre, baisèrent la main du pape et reçurent l'accolade pontificale (le premier évêque de l'Inde à revêtir la pourpre fut retenu plus longtemps que les autres dans les bras de Sa Sainteté). L'un après l'autre, les nouveaux Princes de l'Église se rendirent auprès de Pie XII pour recevoir *le troisième de leurs trois chapeaux rouges distincts, le galéro à large bord orné de trente aigrettes*, le rouge symbolisant le sang qu'ils étaient prêts à verser pour défendre leur foi.

Aussi somptueuse que fut la cérémonie de clôture du consistoire, elle allait rapidement être surclassée par l'assermentation de Dwight David Eisenhower à la présidence des États-Unis. La cérémonie d'inauguration serait télédiffusée d'un bout à l'autre des États-Unis pour la première fois, ce qui laissait présager que 70 millions de personnes verraient Eisenhower succéder à Harry Truman. Le nouveau président profiterait bien sûr de ce rayonnement extraordinaire pour tirer une chose ou deux au clair. Dans un puissant discours présidentiel, Eisenhower annonça que les États-Unis affronteraient la menace communiste *avec confiance et conviction*, tout en tendant la main à toute nation (même communiste) qui aspirait à un apaisement des tensions mondiales. Le président ne prononça jamais le mot *Russie* ni le mot *communiste* dans son discours et réussit à faire passer son message en se limitant à parler des forces du bien et du mal, petite astuce qui se fit remarquer à l'époque.

À propos du mal, Staline mourut deux mois après le discours inaugural d'Eisenhower. À en juger par les obsèques grandioses qui eurent lieu sur la Place Rouge, la ferveur communiste n'était pas près de s'éteindre avec lui. Quant aux obsèques de la reine Marie, consort du défunt George V d'Angleterre, qui s'éteignit elle aussi en mars 1953 quelques semaines après Staline, elles furent passablement modestes si l'on considère l'envergure de sa vie, qui débuta dans l'ère des lances et des sabres pour se terminer dans l'ère de l'atome. Les Britanniques ne manqueraient cependant pas d'étaler leur art du faste en juin, à l'occasion du couronnement d'Elizabeth II. Depuis le début de l'année, cet événement prenait son élan de jour en jour à travers l'Empire. *L'Évangéline* refléta cette fébrilité à l'anglaise, tout autant qu'elle décrivit les réverbérations émanant tantôt de Rome, tantôt de Washington, tantôt de Moscou. Bébé M., qui observa tout ça confortablement installée dans l'utérus, incorpora ultérieurement ces émanations à son développement intra- et extra-utérin, particulièrement au moment de se séparer de sa mère et de s'initier aux désirs (désir de la mère d'abord, puis désir de langage), ainsi qu'au moment de différencier les besoins et les désirs, et de façon générale, pendant toute la période de construction du corps comme endroit de sécurité. Comme le souligne la pédiatre et psychanalyste Françoise Dolto dans *Solitude*, cette structuration de l'enfant passe obligatoirement par la prise de conscience de son tube digestif personnel.

Contrairement à Roland Barthes, Françoise Dolto ne parle pas spécifiquement de littérature lorsqu'elle aborde la question du style, disant que *chaque mère, à son insu… donne à l'enfant son style*. Elle parle en fait des joies et des tristesses se rapportant à l'univers de la sécurité existentielle, univers intimement lié au langage de mimiques et de gestes de la mère, et indissociable des réactions de la mère aux défécations de l'enfant. Ainsi, par exemple, si la mère *ne supporte pas cette odeur, si elle la retire trop vite et qu'elle ne parle pas de façon enjouée des soins que le bébé provoque parfois exprès, alors son corps lui devient ennemi de n'être pas accepté par sa mère*, ce qui a pour effet de fragiliser la structure narcissique de base de l'enfant. Madame Dolto ajoute aussi que le péristaltisme de la bouche à l'anus est synonyme, pour l'enfant, de la présence de sa mère en lui. C'est ce qui fait *que l'être humain sait tout le temps où se trouve la présence de la mère en lui, sous la forme de l'objet partiel qui vient d'elle* [la nourriture] *et qu'il lui retourne* [les excréments]. Une absence de cette *sensation intuitive d'existence* au niveau du tube digestif est source d'anxiété.

D'autre part, madame Dolto ne manque pas de souligner un autre apport essentiel de la mère, celui d'inciter l'enfant à devenir actif dans la recherche de communication. De son point de vue, l'enfant entend et pourrait émettre *tous les phonèmes de toutes les langues du monde… mais très rapidement, sa bouche ne pourra plus le faire… parce qu'il veut pérenniser la présence de la mère*. Il s'exerce donc *à des lallations et à des phonématisations qui sont l'écho, en miroir sonore… des sons de la langue que parle la mère*. C'est donc dire que le désir de communiquer par le langage est directement lié au désir de la mère, et que la transmission de la langue maternelle est tributaire de cette première expérience du désir. Dans ce sens, *l'Évangéline*, qu'imprimait tous les jours une vieille rotative achetée au *New York Times* justement, était à la fois la preuve et son prolongement de l'attachement des Acadiens à leur mère. Et si l'équipe de rédaction du journal n'était pas consciente d'accomplir une mission dictée par le désir, elle était pleinement consciente de l'importance du rôle de la mère acadienne. C'est ce qui explique le bon mot qu'on publiait souvent à son égard dans les pages du journal. En témoigne cet extrait d'un discours d'un prêtre américain, qui soutenait que toute mère, mais particulièrement la vraie mère catholique, est à la fois *une infirmière, une prieure, une éducatrice, une martyre et une reine* dont on ne peut que s'inspirer, car *elle voit les choses et les gens du point de vue de l'éternité.*

Deux notions essentielles se dégagent des propos de madame Dolto : la notion de continuité (continuité du péristaltisme de la bouche à l'anus) et la notion de conscience (conscience qu'a le bébé de cette activité dans son tube digestif). La notion de continuité est tellement enracinée dans la psyché humaine qu'il est ridicule pour l'être humain de tenter de s'y soustraire. Il n'est même plus certain qu'il y parvienne par la mort. Le profond enracinement de la notion de continuité est encore plus évident si l'on se réfère à son contraire, la notion de discontinuité, qui éveille une impression fort désagréable de chaos, d'absurde. Il suffit de penser à la réaction de tout être humain qui apprend que l'on a interrompu la fabrication des pièces pour la voiture achetée un an plus tôt. Ainsi, l'humanité vit en sachant toujours que le passé a conduit au présent et que le présent mène à l'avenir. Tout cela fait partie du fil de l'Histoire, du rapport de cause à effet, des conséquences de nos actes et de la ligne du temps, pour ne rappeler que quelques expressions qui habillent ce principe de continuité. Même si ce principe de continuité ne donne pas toute la réponse quant à l'origine et au sens ultime de l'humanité, la plupart des gens s'accommodent assez bien de ces mystères. En compartimentant un peu leurs expériences et en identifiant quelques cycles, les humains arrivent à vivre relativement heureux, sans connaître le vrai fond de l'affaire et sans trop se questionner sur le sens de l'Histoire.

De la même façon, l'être humain peut concevoir beaucoup de choses sans nécessairement disposer du savoir-faire qui lui permettrait d'agir sur ces concepts. Par exemple, une personne peut très bien concevoir un poisson, mais elle ne pourra jamais en fabriquer un. Il lui faudra même recourir à la ruse simplement pour en attraper un. Ainsi plane l'esprit au-dessus de la matière. Le couvert de la réalité permet aux êtres humains de goûter à des plaisirs simples, sans toujours s'encombrer du détail de la face cachée des choses. De la non-linéarité de la continuité, par exemple. De la continuité qui avance sur plusieurs fronts à la fois, de plusieurs directions différentes, de directions même contraires les unes par rapport aux autres. Car la continuité ne se développe pas seulement comme une vague, longue et lente, qui naît et qui meurt dans la mer de l'Histoire. Elle se développe aussi par secousses et soubresauts, comme s'entrechoquent la multitude de ronds dans l'eau lorsqu'il pleut. Ce chaos de la continuité existe dans la partie invisible et indivisible de l'Histoire, là où même l'Histoire perd conscience d'elle-même. Ce chaos de la continuité existe au niveau nucléaire, d'où son véritable mystère et sa force incomparable.

Quant à la notion de conscience, Françoise Dolto explique que la sensation d'existence que procure le péristaltisme de l'enfant est une sensation qui ne se perçoit pas. Selon elle, tout le monde vit avec cette sensation imperceptible, sauf de grands anxieux qui se trouvent généralement dans des hôpitaux psychiatriques et qui affirment ne plus avoir d'estomac ou d'intestin. Dans les mots de madame Dolto, *puisque certains ont des images du corps absent, cela prouve que tout le monde sent tout le temps qu'il a un estomac, sent tout le temps qu'il a un tube digestif qui, continuellement, péristalte. Il ne sait pas très bien comment. Cette sensation inconsciente fait partie du silence des organes*. L'inconscience, dans ce cas, est donc signe de santé. La conscience, celle d'un romancier ou d'une romancière s'interrogeant sur son art, par exemple, pourrait alors être interprétée comme une sorte d'anomalie. En transposant davantage, on pourrait penser qu'un silence correspondant au *silence des organes* existe dans d'autres sphères de la vie et que, encore une fois, une relative inconscience vaudra mieux qu'un esprit trop aiguisé, si l'on considère comme objectif humain valable le fait de se tenir loin des centres de soins psychiatriques. Dans cette optique, le silence de la continuité qui sous-tend jusqu'au chaos pourrait faire partie de la condition humaine, c'est-à-dire de ce qu'il vaut mieux oublier de cette condition. Car succomberait à une folie ou une autre une personne qui n'arriverait pas à oublier que la vie n'est qu'une longue succession d'histoires qui se répètent, qu'elle n'a rien de vraiment neuf ou rien que l'on y puisse changer, qu'elle est somme toute bien futile.

L'année 1953 aura donc été relativement émouvante pour Winston Churchill qui, dans cette période d'après-guerre, n'avait qu'un pays à diriger, ce qui était peu. En effet, pendant les années qui ont suivi la Seconde Guerre mondiale, la Grande-Bretagne entre les mains de Churchill ressemblait en quelque sorte à un bibelot dans les mains d'un géant. Néanmoins, comme il était un Personnage, il trouvait toujours quelque façon de s'accrocher à l'Histoire. Ainsi, dans les tout premiers jours de 1953, avant même le consistoire de Pie XII et l'assermentation d'Eisenhower, mais non à l'extérieur de l'état de probabilité incontournable de Bébé M., Churchill se signala encore une fois à l'Histoire, en se penchant cette fois sur sa propre histoire. Âgé de 79 ans, monsieur Churchill visita pour la première fois la maison natale de sa mère à Brooklyn. Jenny Jerome avait vu le jour dans une petite maison de pierre brune en 1851, presque un siècle plus tôt. Ce petit pèlerinage, une escale en route vers la Jamaïque, eut de quoi émouvoir la communauté internationale et faire rêver Garde Vautour, qui se demanda si un jour elle verrait New York, et pourquoi pas Brooklyn.

Contrairement à monsieur Churchill, Garde Vautour n'a pas vraiment idée de son rôle dans la continuité de l'Histoire, pas plus d'ailleurs que dans la continuité de la littérature. Ignorant que l'instinct de littérature se cache dans le tronc cœliaque de Bébé M., c'est en pensant surtout à la continuité de la vie, de celle de Bébé M. en particulier, que Garde Vautour soulève encore une fois l'enfant pour lui donner son bain. Le fait que Bébé M. n'ait pas vraiment l'air d'aller mieux lui rappelle que l'humanité en général ne va pas très bien non plus, sinon le monde ne compterait pas autant d'espions et de saboteurs à la manière des Rosenberg, Dieu ait leur âme! Tous ces secrets atomiques n'ont rien de très rassurant et le désert du Nevada ne tremble pas pour rien. Truman et Eisenhower le disent, la bombe à hydrogène détruira effectivement la Russie et les Rouges, mais le reste de la planète y passera aussi. Tout compte fait, le monde est un endroit bien incertain. Les Russes se disent victimes d'une vaste propagande anticommuniste américaine et Charlie Chaplin, ce clown bienveillant, leur donne raison. Mais Garde Vautour pense qu'il ne faut pas sous-estimer l'impertinence des Rouges non plus. Le maréchal Tito, par exemple, ne se donne même pas la peine d'ouvrir les lettres de Pie XII l'enjoignant à cesser de persécuter les catholiques de son pays. Au lieu de les lire, le chef yougoslave renvoie ces lettres intactes au Vatican. Ayant traversé une autre fois le nuage cœliaque de Bébé M., Garde Vautour espère qu'il sortira un peu de bon de tout cela. Elle pense aux scientifiques japonais qui ont mis au point un nouveau cyclotron qui pourrait faire progresser la médecine. Les Canadiens ont eux aussi raison d'être fiers. À Chalk River, ils ont assemblé une unité permettant au cobalt radioactif d'entourer complètement le corps des cancéreux. Même les Américains s'y intéressent. Garde Vautour se demande si on ne devrait pas considérer une technique du genre pour guérir Bébé M., car les potions aux bananes ne semblent pas faire effet. Elle pense à cet entrefilet de *l'Évangéline* où l'on disait que beaucoup d'enfants tchèques avaient reçu une banane à Noël, eux qui n'avaient jamais vu une banane de leur vie.

Quant au prix Nobel de littérature décerné à monsieur Churchill, Garde Vautour a accueilli la nouvelle sans trop d'éclat, car elle a maintenant l'habitude de l'étonnement contenu. En fait, elle était surtout surprise d'apprendre que monsieur Churchill avait eu le temps d'écrire des livres, étant donné ses préoccupations mondiales. Les annales populaires ne font d'ailleurs pas beaucoup état de ce prix accordé à monsieur Churchill. Il s'agit d'une nobélisation facile à oublier comparativement à celle de Mauriac et de Hemingway, par exemple, dont le nom et les œuvres ont davantage marqué le paysage littéraire. Sans doute faudrait-il relire les écrits de Winston Churchill pour se rappeler ses qualités d'homme de lettres. On y découvrirait peut-être un précurseur de la mise en abîme si chère à la littérature postmodeme (monsieur Churchill ayant écrit *un énorme ouvrage sur lui-même* et l'ayant intitulé *La crise mondiale*). Peut-être faudrait-il le réhabiliter, comme diraient les communistes qu'il détestait tant (c'est d'ailleurs monsieur Churchill qui a lancé l'expression *rideau de fer*). Quant aux membres du Comité Nobel de l'Académie suédoise, leur décision de 1953 correspond peut-être à un de ces indiscernables moments de continuité où la Littérature, perdant un peu conscience d'elle-même, laisse momentanément tomber les barrières qui séparent habituellement le romancier de son personnage, et son roman de l'Histoire.

Chapitre II
La mort de Staline

Durcissement des artères et coma de l'homme d'acier – Exposition dans la grande Salle des Syndicats – Un antéchrist qui détestait la vie de famille – Alitement et décès de la reine Marie – L'émotion du duc de Windsor aux funérailles de sa mère la reine Marie – Don de dérobade et problème de vérité – Langage et vérité – Langage et humanité – Retour du caporal Maillet de Lewisville – La mère de Bébé M. et Garde Vautour laissées sur leur faim – Transfert des Braves de Boston à Milwaukee

La mère de Bébé M. et Garde Vautour apprirent la mort de Staline par l'entremise de *l'Évangéline* du vendredi 6 mars 1953. Le chef du monde communiste avait rendu son dernier souffle la veille au soir, à Moscou. Le côté droit de l'homme d'acier avait été paralysé par une hémorragie qui avait ensuite provoqué un coma. Les médecins du Kremlin avaient lutté en vain contre le durcissement de ses artères. Suprême, la mort s'était finalement interposée entre le camarade et son œuvre. Mais à l'annonce des autorités soviétiques que *le cœur du camarade et du perpétuateur inspiré de la volonté de Lénine, du chef sage et du maître du parti communiste et du peuple soviétique,*

Joseph Vissarionovitch Staline, avait cessé de battre, il était clair que le souffle de la révolution bolchévique, lui, n'était pas encore éteint.

Garde Vautour et la femme dans le ventre de laquelle Bébé M. avait commencé à prendre forme suivirent avec passablement d'intérêt le déroulement des obsèques de l'homme rouge par excellence. La dépouille avait été exposée dans la grande Salle des Syndicats, à cinq minutes du Kremlin, au cœur de Moscou. Plus d'un million de personnes avaient défilé devant la dépouille dans la seule nuit du vendredi au samedi, première nuit d'exposition. En quelques jours, cinq millions de personnes étaient venues rendre un dernier hommage au chef vêtu de son uniforme de maréchal à décoration unique, ses médailles ayant été exposées tout près, sur des coussins de soie rouge. Des soldats montaient la garde près du cercueil entouré de fleurs, et des orchestres jouaient des airs tristes ainsi que des œuvres de Tchaïkovsky et de Glinka, compositeurs préférés du défunt.

Le lundi, *après un silence des plus profonds*, les restes du grand chef soviétique furent déposés *dans un tombeau en marbre rouge et noir... magnifique objet d'art*, pendant que grondaient les canons de Moscou et de 23 autres grandes villes soviétiques, et que les cloches du Kremlin sonnaient le glas. Auparavant, des camarades de la nouvelle administration avaient soulevé *le cercueil orné de velours au niveau de leurs épaules* pour le descendre *jusqu'à la prolonge* tandis que *des centaines de musiciens dont les instruments étaient recouverts de rubans noirs* avaient entamé la marche funèbre de Chopin. Le successeur de Staline, Georgi Malenkov, ainsi que Viacheslav Molotov, Lavrenti Séria et Nikita Khrouchtchev figuraient parmi les huit porteurs. Malgré un vent glacial, des millions de citoyens longeaient les rues enneigées de la capitale pour saluer le cortège. Des millions de fleurs (roses rouges et blanches, tulipes, narcisses et mimosas) avaient été transportées des régions les plus chaudes de l'URSS pour orner la Place Rouge et les murs des édifices de la route funèbre. Comme ce fut le cas pour le corps de Lénine, celui de Staline devait être embaumé selon un procédé secret mis au point par les savants russes, afin de conserver ses traits pour exposition aux générations futures.

La mère de Bébé M. et Garde Vautour ne dédaignèrent pas non plus les conséquences de la mort de Staline. Elles voyaient bien que tout le monde s'interrogeait quant à la suite de l'Histoire, d'autant plus que Staline semblait avoir dirigé depuis toujours cette impénétrable Union soviétique. Georgi Malenkov voulut se montrer à la hauteur de la tâche qui lui incombait et prononça son premier discours au service funèbre de l'homme auquel il succédait. Lorsqu'il parla, *Malenkov était nu-tête, et il éprouvait de toute évidence une grande émotion. De temps en temps, il se passait la main sur les yeux comme s'il eût voulu essuyer les larmes engendrées par son émotion ou par le vent qui fouettait les décorations funéraires.* Puis, après avoir déclaré que *le parti, le peuple soviétique, tout le genre humain essuient une perte navrante et irréparable*, il proclama Staline *le plus grand génie de l'humanité.* Malenkov se reconnut aussi le devoir sacré de poursuivre le plan de paix de Staline, plan qui prévoyait une rencontre avec le président Eisenhower. Après avoir décortiqué les oraisons funèbres de Malenkov, de Beria, ministre de l'Intérieur, et de Molotov, ministre de l'Extérieur, les diplomates occidentaux conclurent que les dirigeants soviétiques continueraient de préconiser la coexistence pacifique du monde capitaliste et du monde socialiste.

Malgré les réserves que les nations du monde occidental avaient à l'égard du redoutable conquérant, elles firent parvenir des messages de condoléances compatissants au peuple russe endeuillé. Le premier ministre du Québec, Maurice Duplessis, fut celui qui s'embarrassa le moins de dissimuler son sentiment véritable. Il salua la mort du chef communiste en déclarant que Staline avait *tous les traits d'un antéchrist.* Cette prise de position catégorique trouva écho dans les articles à peine feutrés des journaux occidentaux. Le commentaire suivant, par exemple, avait quelque chose d'assez typique : *Staline a fait de la Russie une grande puissance industrielle, ne reculant devant rien pour arriver à son but de domination par le communisme mondial. Toutes les valeurs humaines ont été bafouées sous son règne. Il a tenu le monde en état d'alerte, pour enfin subir le sort du commun des mortels.*

Il n'était pas facile pour la mère de Bébé M. et Garde Vautour de comprendre comment un fils de cordonnier eût pu devenir le maître absolu de 800 millions de personnes sans manifester au moins un peu de bonté. Elles lisaient donc tous les articles de *l'Évangéline* qui parlaient de cet homme mystérieux. Elles apprirent que Staline avait été un philosophe politique érudit et astucieux et qu'il avait mis sur pied *un système d'une horreur inouïe*, mais fonctionnel et prospère. On parlait aussi d'un homme *impassible, extrêmement taciturne... qui savait être affable et assumer le rôle d'un vrai père de famille qui travaille fort pour les siens.*

Mais il ne fallait y voir qu'une pose car Staline *avait toujours détesté la vie de famille.* Ses deux mariages avaient d'ailleurs mal tourné et son fils Vassily, un aviateur, s'était mis *à dissiper de grandes sommes d'argent dans des fêtes pour de belles jeunes femmes.* Petit paradoxe que ce fils dépensier puisque Staline, lui, *semblait avoir conservé son mépris typiquement marxiste des richesses personnelles.* On en voulait aussi à Staline de conduire ses affaires pendant la nuit et de consommer une immense quantité de vodka.

L'Évangéline publia un compte rendu détaillé des funérailles de Staline le lendemain de la cérémonie somptueuse du lundi 9 mars 1953. Le même jour, dans la chronique « Autour du monde », on trouvait un entrefilet sur l'état de santé de Marie, reine consort du défunt George V. Âgée de 85 ans, la grand-mère d'Elizabeth II souffrait d'une maladie gastrique qui la clouait au lit depuis environ deux semaines. Les médecins déclaraient son état satisfaisant mais la situation était délicate, compte tenu de l'âge avancé de l'*indomptable douairière.* Sa mort survint une dizaine de jours plus tard. La reine consort rendit l'âme dans un sommeil paisible, le soir du 24 mars, au palais de Marlborough. L'archevêque de Cantorbéry et la famille royale étaient à son chevet. Le premier ministre Churchill annonça le décès de la reine Marie aux Communes, une heure après sa mort. Il ajourna en même temps les travaux de la Chambre *afin de pleurer la femme haute et fière qui avait consacré sa vie à la patrie.*

Autant Staline avait incarné la puissance formidable de la poussée communiste, autant la reine Marie était la digne représentante des peuples du monde dit libre. Les témoignages de condoléances fusèrent de partout, c'est-à-dire de tous les coins et recoins de l'Empire ainsi que des pays indépendants de tradition démocratique, et ils étaient unanimes : la reine Marie était admirée pour sa bonté, sa douceur et sa bienfaisante influence. Même le père de Bébé M. y alla d'un éditorial bref mais respectueux, précisant qu'il aurait été déplacé de souligner, en cette occasion, la signification de la monarchie britannique pour le Canada français. Sous le titre « Une reine quitte ce monde », il résuma la situation comme suit : *La Providence semble avoir suscité vers le trône d'Angleterre, depuis plus d'un siècle, un élan de respect qu'il est difficile de nier. Alors que, dans d'autres pays, des princes se sont vus couverts de mépris, la reine Marie a conservé ses caractéristiques de grande dame, maîtresse d'elle-même, généreuse, courageuse en toutes circonstances. Et si l'on considère le respect qui, aujourd'hui encore, est généralement consenti à la famille royale, la reine Marie se présente comme une éducatrice qui n'a pas failli à son devoir. Elle a vu sa quatrième génération. C'est le souhait que prononce l'Église catholique devant de nouveaux conjoints, comme récompense de ceux qui demeurent fidèles à leur état de vie. Dans notre monde bouleversé, ne semble-t-il pas que la dignité des rois est motif d'espoir dans le triomphe final d'un ordre social où chacun joue dignement son rôle.*

Bien des subtilités ont nuancé le respect que les Britanniques ont eu à l'égard de leur famille royale au cours des siècles. George V et son épouse Marie, qui régnèrent de 1910 jusqu'à la mort du roi en 1936, s'étaient montrés à la hauteur du respect dont parlait l'éditorialiste de *l'Évangéline*. George V était un homme *rempli de bon sens et pénétré de ses devoirs*. Après sa mort, la reine Marie continua de refléter l'attitude démocratique et constitutionnelle de son époux. Avait aussi rejailli sur elle l'héroïsme de son fils, le roi George VI, qui avait su gagner le cœur de ses sujets en refusant de fuir vers la sécurité de la campagne lorsque les bombes se mirent à pleuvoir sur Londres, pendant la Seconde Guerre. Au moment de la mort de la reine Marie, le peuple britannique, à peine remis du décès du courageux George VI, survenu l'année précédente, avait une grande confiance en sa fille Elizabeth, qui avait déjà commencé à symboliser l'unité et la continuité de l'Empire. L'article de *l'Évangéline* annonçant le décès de la reine Marie n'avait d'ailleurs pas manqué de rappeler ce principe de continuité en précisant que *la reine Elizabeth II, qui aurait normalement mérité un salut de la part de la douairière, plia le genou en témoignage d'amour et de respect pour la grand-mère au pied de laquelle elle avait appris les rudiments de ses devoirs de souveraine.*

Des obsèques de la reine Marie, la mère de Bébé M. et Garde Vautour retinrent surtout l'émotion du duc de Windsor, mouton noir de la famille royale. En effet, selon *l'Évangéline*, le *fils préféré* de la reine pleura durant toute la cérémonie intime qui se déroula devant quatre reines, deux rois et quelques autres membres de *la noblesse dépérissante d'Europe*, à la chapelle Saint-Georges du château de Windsor. Les deux Acadiennes avaient été étonnées de voir écrit, noir sur blanc, qu'une mère, une reine par surcroît, reconnût avoir une préférence pour un de ses enfants. Elles ne savaient pas si ce genre d'aveu était acceptable chez les protestants, ou s'il s'agissait d'une manière pour la famille royale de rappeler qu'elle faisait encore partie malgré tout de la race humaine. Car le fait était que le *fils préféré* en question avait des goûts qui ne correspondaient pas aux préceptes de la monarchie et qu'il avait même dû renoncer au trône pour marier la femme qu'il aimait. Pour les mères de l'époque et leurs dérivées, c'est-à-dire les infirmières, les prieures, les éducatrices, les martyres et les reines, c'était ça le vrai feuilleton que publiait *l'Évangéline*, et non *Le cri de la Banshee*, un roman-feuilleton au titre plutôt indigène qui était loin de susciter autant de passion que les nobles déchirements de la maison Windsor.

Dans ses mémoires, le ministre de l'Extérieur du régime hitlérien, Joachim von Ribbentrop, affirme que Hitler admirait secrètement Staline, son ennemi politique. Selon Ribbentrop, qui a été pendu à Nuremberg comme criminel de guerre, Hitler avait rêvé de capturer Staline. Le Führer lui aurait accordé un asile de luxe dans un château allemand. Bien entendu, on ne peut que conjecturer sur les mesures de sécurité que Hitler aurait mises en place pour s'assurer que son invité ne lui glisse entre les doigts, car Staline était connu pour son don de dérobade. Preuve à l'appui de ce talent, Staline n'était même pas le vrai nom de ce sinueux personnage. Ce fils d'une famille plutôt pauvre de Gori, banlieue de Tiflis, capitale de la Géorgie, avait été baptisé Joseph Vissarionovitch Djougachvili. Bien que pauvres, ses parents le dédiaient à la prêtrise de l'église orthodoxe grecque. C'est d'ailleurs au séminaire que le jeune Joseph développa son goût pour le socialisme révolutionnaire. Il démontra rapidement des qualités de chef, beaucoup trop rapidement au goût des religieux, qui mirent bientôt le politicien indésirable à la porte du séminaire. C'est peu après cette expulsion que Staline décida de devenir un révolutionnaire professionnel. Il fut membre d'une des premières cellules du parti bolchevique, travailla sous la direction de Lénine, puis comme tout révolutionnaire russe typique, fut arrêté, emprisonné et envoyé dans les mines de sel de Sibérie. N'empêche qu'*en moins d'un mois, il était revenu à Tiflis avec un nouveau nom et une nouvelle coupe de cheveux. Par la suite, il fut arrêté, mis en prison, exilé et s'échappa une demi-douzaine de fois sous autant de noms différents. Le dernier nom qu'il prit fut celui de Staline et il le garda.*

Staline, homme d'acier, se hissa bientôt au rang de sixième ou septième chef de la révolution en marche. Il avait, entre autres, dirigé le groupe bolchevique qui prit le pouvoir à Petrograd, en 1917. Le pouvoir suprême était cependant toujours détenu par Lénine, qui sut maîtriser les jalousies et les luttes internes qui risquaient de nuire au parti. L'opposition entre Staline et Trotski comptait parmi ces écueils. En fin de compte, sur son lit de mort, en 1924, Lénine déclara que Staline était trop fougueux et ordonna qu'il soit démis du poste de secrétaire général de l'URSS. C'est à ce moment-là que Staline résolut d'éliminer ses ennemis politiques, ceux de gauche d'abord, puis ceux de droite. Une fois débarrassé de ses adversaires, il s'attaqua *à la tâche immense de convertir, en cinq ans, une nation arriérée en pays industriel moderne.* La mère de Bébé M. et Garde Vautour trouvaient qu'il y avait de quoi se réjouir. Après tout, *les manufactures poussaient sur les plaines dénudées de la Russie, des écoles furent ouvertes, des spécialistes importés.* Mais elles se rendirent compte que, de toute évidence, la réalité n'était pas aussi belle, à cause notamment de *la fameuse purge. Un après l'autre, des Russes fameux comparurent en cour et plaidèrent coupable à des accusations de nuisance à l'État. Ils furent liquidés un par un. Une fois le massacre terminé, Staline et ses partisans s'installèrent confortablement à la tête de l'État.*

⁂

Garde Vautour et la femme qui portait Bébé M. dans son ventre sans le savoir avaient l'habitude de croire ce que rapportaient les journaux. Leur confiance s'appuyait sur un certain consensus de connaissance qui leur paraissait avoir toujours existé. Elles croyaient, par exemple, en la bonté fondamentale de la reine Marie, malgré sa prédilection exprimée pour le duc de Windsor. Mais, en ce qui concerne Staline, un doute subsistait dans leur esprit. Elles n'arrivaient pas à le condamner d'emblée. Les pays occidentaux faisaient grand état de la menace communiste, rappelant sans cesse que les Rouges tentaient de s'infiltrer partout et qu'ils n'avaient qu'un seul désir, celui d'imposer leur système diabolique au monde entier. Les deux femmes constataient que sur ce point, Staline s'était pourtant montré raisonnable au début. Il avait voulu mettre en marche la politique révolutionnaire en Russie avant d'aller ailleurs, contrairement à Trotski, qui voulait édifier le socialisme dans plusieurs pays en même temps. Sans le savoir, la mère de Bébé M. et Garde Vautour étaient confrontées à un problème de vérité, également au cœur des préoccupations de Trotski et de Staline: le premier avait fondé le journal *Pravda* (la *Vérité*), en 1908, et le second l'avait dirigé pendant quelques années, à compter de 1912.

Ni la mère de Bébé M. ni Garde Vautour n'avaient conscience de s'intéresser à l'aspect déontologique du journalisme. Elles ne pensaient jamais au lien qui existe entre la compréhension et le langage. Toutefois, elles furent heureuses de lire, toujours dans *l'Évangéline*, un article intitulé «Les mots changent de sens en pays communiste», article qui fut publié peu après la mort de Staline. Affirmant avoir connu la terreur communiste en Chine, un universitaire chinois exilé en Californie dressait un glossaire de mots familiers ayant acquis un nouveau sens sous le régime communiste. Le professeur Daniel Hong Lew affirmait que, dans l'esprit communiste, la liberté était devenue *le devoir de se conformer aux idées et à l'action communistes*, que le peuple était formé de *ceux qui appuient ou qui sont capables d'appuyer le communisme*, que la démocratie sous-entendait *le consentement des masses, soit en parole ou en action*, et que la paix n'était rien d'autre que *la capitulation des forces non communistes.* Quant à la vérité, elle consistait en des *nouvelles et renseignements de nature à promouvoir la cause communiste.* Le professeur Hong Lew affirmait également que les Rouges usaient systématiquement de *la technique du gros mensonge et du nettoyage de cerveau* pour contrôler la pensée du peuple. Il décrivit aussi *la nouvelle personne humaine que les Rouges s'astreignaient à perfectionner.* Il s'agissait essentiellement de *bipèdes sans âme, des robots humains dont la valeur personnelle n'était pas plus grande que la valeur productive des chevaux et du bétail.* Il parla également de l'homme collectif que les communistes essayaient de produire. Dans l'optique communiste, *l'individu n'existe que s'il a quelque genre de productivité utile au Kremlin ou s'il peut entrer comme une brique dans le mur d'une cellule communiste car l'homme collectif n'a ni personnalité ni nationalité.* L'article en provenance de Los Angeles concluait en affirmant que le régime communiste ne tolérait aucune opposition, et que toute opposition devait être anéantie *par la critique, l'auto-critique et la persuasion,* toutes des activités langagières.

✣

Dans le chapitre « Écritures politiques » du *Degré zéro de l'écriture,* Roland Barthes s'attarde par ailleurs à la différence entre le langage parlé et l'écriture. Selon lui, la parole est ni plus ni moins *une suite mobile d'approximations* qui n'a pas le caractère *enraciné* de l'écriture. Il explique qu'il y a dans toute écriture *l'ambiguïté d'un objet qui est à la fois langage et coercition,* qu'*il y a au fond de l'écriture, une « circonstance » étrangère au langage... comme le regard d'une intention qui n'est déjà plus celle du langage,* c'est-à-dire la communication. Or, cette « circonstance » atténuante *peut très bien être une passion du langage, comme dans l'écriture littéraire,* mais elle peut aussi être *la menace d'une pénalité, comme dans les écritures politiques : l'écriture est alors chargée de joindre d'un seul trait la réalité des actes et l'idéalité des fins.*

Barthes constate qu'aussi *emphatique* et *enflée* qu'elle ait pu être, l'écriture politique qui caractérisa la Révolution française ne reflétait que l'importance de la réalité. Il soutient que *la Révolution n'aurait pu être cet événement mythique qui a fécondé l'Histoire et toute idée future de la Révolution* si elle n'avait trouvé son accomplissement dans le *drapé extravagant* du langage révolutionnaire. De même, la révolution marxiste trouvera elle aussi son accomplissement ultime dans le langage. Toutefois, souligne Barthes, l'écriture marxiste n'a rien de l'amplification rhétorique de l'écriture révolutionnaire française. Il parle au contraire d'un lexique *aussi particulier, aussi fonctionnel qu'un vocabulaire technique où les métaphores elles-mêmes... sont sévèrement codifiées.* Et alors que l'écriture révolutionnaire française *fondait toujours un droit sanglant ou une justification morale*, l'écriture marxiste s'impose comme *un langage de la connaissance... destiné à maintenir la cohésion d'une Nature.*

Barthes considère qu'en dépit d'une écriture généralement explicative, Marx a malgré tout ouvert la voie au *langage de la valeur qui a envahi complètement l'écriture stalinienne triomphante.* Dans le contexte marxiste, le mot est devenu *une référence exiguë à l'ensemble des principes qui le soutient d'une façon inavouée... un signe algébrique qui représenterait toute une parenthèse de postulats antérieurs.* Érigées en système, ce sont ni plus ni moins *la stabilité des explications et la permanence de méthode* du lexique marxiste qui ont ouvert la voie à la soi-disant révolution permanente. Staline sut exploiter ce système jusqu'à sa racine et enfanter d'un langage qui transforma la conscience de son peuple. Dans cet univers codé, *la « définition », c'est-à-dire la séparation du Bien et du Mal, occupe désormais tout le langage et ne vise plus à fonder une explication marxiste des faits... mais à donner le réel sous sa forme jugée.* L'humanité n'a pas fini de s'interroger sur ce phénomène de transformation de l'homme par le langage et du langage par l'homme. Il en va de l'essence même de la réalité, toujours mouvante, toujours en processus de définition. Ce continuum fait que l'on ne sait jamais où, précisément, se situe la frontière, si frontière il y a. Le jeune Staline trempant sa plume dans l'encrier de la *Vérité*, c'est-à-dire de la *Pravda*, ne soupçonnait peut-être pas qu'il publierait, vers la fin de sa vie, un texte théorique intitulé *Le marxisme et les questions de linguistique.* L'histoire montre qu'il eut toujours une conscience aiguë du langage, car son régime persécuta non seulement les hommes de science mais aussi les philosophes, les linguistes et les poètes.

⁘

Bien entendu, tout comme Garde Vautour, la mère de Bébé M. n'avait pas lu *Le degré zéro de l'écriture.* Et même si le témoignage du professeur Hong Lew leur semblait honnête, il venait de trop loin pour que les deux femmes puissent se faire une idée absolument juste de la vie derrière le rideau de fer. Le témoignage susceptible de faire pencher la balance arriva quelques mois plus tard. En effet, un Acadien de Lewisville, un Maillet originaire de la baie de Bouctouche, avait vu les Rouges de près : enfin quelqu'un que l'on pouvait croire. Blessé par un éclat de mortier, ce caporal de l'armée américaine avait été prisonnier des communistes en Corée pendant 26 mois. Ses proches, des Cormier, des Maillet, des Goguen, des Richard et des Bastarache, accueillirent son retour avec une joie débordante. *L'Évangéline* ne rata pas l'occasion.

Dans l'article qui rendit compte de ces retrouvailles, le journaliste nota que le caporal se déclarait très heureux d'être de retour parmi les siens. Toutefois, il *ne répondait qu'après mûre réflexion, comme un homme habitué à surveiller ses paroles.* L'ex-prisonnier admit que les conditions de détention derrière les barbelés n'étaient peut-être pas aussi terribles que ce qu'on avait pu laisser entendre. Tout de même, quand on lui demanda s'il avait eu assez à manger, *notre soldat se mit à lutter visiblement contre une vague d'émotions que seuls les autres qui sont passés par là connaissent. Il se mordit un peu la lèvre et répondit plus ou moins clairement : « Des fois c'était mieux qu'à d'autres » et il essaya d'esquisser un sourire.* Quand on lui demanda si les communistes avaient essayé de l'endoctriner, le caporal *regarda droit dans les yeux du reporter et, calculant bien sa réponse, il confia : « Ils ont toujours essayé »*, ce qui revenait à dire qu'ils avaient bien essayé, mais sans succès.

Le journaliste, qui n'avait pas lu *Le degré zéro de l'écriture* lui non plus, n'avait sans doute pas prévu qu'il se confronterait, dans cette entrevue, à la superposition de deux systèmes de litote, soit la litote marxiste et la litote acadienne. La suite de l'entrevue s'avéra tout aussi maigre en détails. Le décodage des réponses laconiques et des vagues d'émotions du caporal ne donnait rien à se mettre sous la dent. Le soldat expliqua finalement qu'il ne pouvait rien dire, qu'une mauvaise presse pourrait provoquer les communistes et les pousser à s'en prendre aux militaires encore détenus. Le journaliste se le tint pour dit et les retrouvailles revinrent à la gaieté. Dans l'esprit de la fête, il s'aventura tout de même à demander au caporal Maillet s'il allait se marier pendant son congé : *À cela, le caporal se réveilla de ses émotions et fit rayonner un sourire rien de moins qu'extraordinaire*, avant de laisser tomber sa réponse : *« Je ne suis pas décidé »*.

Malgré ses nombreuses occupations et préoccupations (quatre enfants tous en bas âge et un cinquième en gestation), la mère de Bébé M. prit le temps de relire cet article. La deuxième lecture n'ajouta hélas rien à ce qu'elle avait compris la première fois. Regrettant d'être restée sur sa faim, mais se sentant un peu coupable de ne pas s'occuper de sa maisonnée, elle conclut, pour aller au plus rapide, que le pauvre soldat n'avait probablement pas vu grand-chose d'autre du monde communiste que son camp de détention. Garde Vautour, qui avait elle aussi lu et relu le compte rendu, se permit une attitude plus critique. Elle décida de se méfier d'un homme qui souriait de façon extraordinaire à l'idée du mariage, tout en se réservant la possibilité de ne pas se mouiller les pieds.

✣

En juillet 1953, un sondage auprès des rédacteurs de la United Press plaçait la mort de Staline et l'ascension de Georgi Malenkov à la tête du monde soviétique au premier rang des événements marquants de la première moitié de l'année. C'était la première fois que les rédacteurs de l'agence de presse avaient à se prononcer au milieu de l'année, ce qui indique que le semestre avait été plus chargé qu'à l'accoutumée. Suivirent, en ordre d'importance, l'assermentation du président Eisenhower aux États-Unis, les négociations d'une trêve en Corée, les émeutes en Allemagne de l'Est, l'exécution du couple Rosenberg, le couronnement d'Elizabeth II, le désastre aérien de Tokyo, les tornades aux États-Unis, la conquête du mont Everest et la décharge du canon atomique au Nevada. Les enquêtes du sénateur McCarthy, l'échange des prisonniers de guerre en Corée, la transformation de Christine Jorgensen, la théorie du champ unifié d'Einstein et le transfert des Braves de Boston à Milwaukee figuraient également au scrutin.

La mort de Staline conserva sa première place dans le sondage de la fin de l'année. Suivirent la fin de la guerre de Corée et la libération des prisonniers de guerre, la production d'une bombe à hydrogène en Russie et le plan

Eisenhower sur l'utilisation de l'énergie atomique à des fins pacifiques, le retour au pouvoir des Républicains aux États-Unis, l'exécution du couple Rosenberg, la mise à mort des ravisseurs du petit Bobby Greenlease, le couronnement d'Elizabeth II, les répercussions du maccarthysme sur Harry Truman, la rébellion en Allemagne de l'Est, et la sécheresse dans l'Ouest américain avec ses conséquences sur les prix agricoles. Bien qu'ils ne se soient pas tous classés parmi les dix plus importants de l'année, la plupart des événements qui s'étaient démarqués lors du sondage de juillet avaient de nouveau récolté des votes à la fin de l'année, sauf la transformation de Christine Jorgensen et la théorie du champ unifié d'Einstein. Dans l'esprit de la presse internationale de l'époque, ces événements n'étaient pas *à l'épreuve du temps.*

Mais pouvait-on croire tout ce qu'avançait la United Press ? Quelques jours après la mort de Staline, l'agence avait émis une dépêche donnant à croire que Staline avait été assassiné et qu'il était déjà mort lorsque le Kremlin avait annoncé sa maladie. La dépêche citait un article exclusif du *Hartford Courant*, article basé sur des lettres parvenues à un immigrant russe vivant dans cette ville du Connecticut. L'informateur tenait à garder l'anonymat, car il avait peur qu'on s'en prenne à ses parents vivant à Moscou. Selon cette *autorité digne de foi sur les affaires de la Russie*, le meurtre de Staline avait été *passé sous silence à cause de la réaction qu'il soulèverait chez le peuple russe et dans le monde anticommuniste.*

Chapitre III
Le problème de la connaissance

Le banquet d'Einstein – Mesure et démesure du temps – Une monarchie au bord de la désuétude – Le glaive de la réalité retourné contre le duc de Windsor – La mère de Bébé M. et l'allégorie de la couronne – Rien d'une sinécure – Le bonheur d'une machine à laver Connor Thermo – Les journalistes à l'assaut de l'obscurantisme – Une profession honorable malgré tout – L'affaire de Trieste : ville frontalière ou nombril du monde – Dieu et l'espèce romancière – La sphère de l'inconscient

Un banquet spécial marquant le 74e anniversaire d'Albert Einstein eut lieu aux États-Unis le samedi 14 mars 1953, c'est-à-dire à mi-chemin dans la vingtaine de jours qui séparèrent le décès de Staline de celui de la reine Marie. Selon la dépêche de l'agence United Press que publia *l'Évangéline*, Einstein, *qui parlait rarement en public*, souleva alors un coin du voile qui recouvrait l'origine de sa carrière scientifique. Il se souvint d'avoir été fasciné par une boussole à l'âge de cinq ans. Le célèbre physicien aux cheveux blancs ébouriffés expliqua que ce fut *l'aiguille tremblante attirée vers le nord par une puissance qu'il ne comprenait pas* qui le mit sur le chemin *des mystères les plus profonds de l'univers.* Il ajouta que la géométrie plane, qu'il étudia à l'âge de 12 ans, eut aussi une influence considérable sur son épanouissement, mais il tint à préciser que *personne ne sait ce qui cause une réaction particulière chez un individu*, et qu'en réalité *l'homme a fort peu de connaissances sur ce qui se passe dans son for intérieur.*

Le monde entier reconnut assez rapidement le génie d'Einstein, qui obtint le prix Nobel de physique en 1921, à l'âge de 42 ans. En plus de provoquer une sorte de mutation des sciences, la pensée d'Einstein eut une autre conséquence primordiale, celle de démontrer qu'aucune connaissance scientifique n'est immuable, que l'humanité doit constamment restructurer ses connaissances en fonction de ce qu'elle aspire à connaître. Les théories d'Einstein eurent aussi des ramifications philosophiques et touchèrent jusqu'à la conception que les humains avaient de l'univers. La théorie de la relativité, par exemple, jeta un nouvel éclairage sur les notions d'espace et de temps. Toute cette idée de relativité contribua à dépoussiérer la pensée en général en montrant que l'univers du contexte était tout aussi important que le contexte de l'univers. Ainsi, selon le contexte, le temps pouvait exprimer tant la mesure que la démesure, pour ne citer que cet exemple.

✣

Si le duc de Windsor, alias Edouard VIII, avait espéré que le temps panserait la blessure qu'il infligea à sa noble famille en 1936, force lui fut de commencer à se résigner, d'abord en 1952, à l'occasion du décès prématuré de son frère, le roi George VI, puis en 1953, au décès de sa mère, la reine Marie, et lors du couronnement de sa nièce, la reine Elizabeth II. De retour auprès des siens après une quinzaine d'années d'exil (toujours avec quelque espoir d'être rappelé dans son pays pour servir son peuple), le roi déchu découvrit, sous des surfaces correctes et amicales, *une croûte dure ne recouvrant que du granite.* Sa mère, la reine Marie, lui en aura voulu jusqu'à sa mort d'avoir fait passer son intérêt personnel, c'est-à-dire son amour pour madame Simpson, avant celui de la nation qui, elle, n'avait pas compté ses sacrifices, surtout pendant la guerre. La reine Marie avait à ce point été blessée par la décision de son fils aîné, ce prétendu fils préféré, qu'elle avait toujours refusé de rencontrer la femme qu'il aimait et sans qui il se disait un homme incomplet. La douairière en voulut toujours à madame Simpson d'avoir ni plus ni moins volé à l'Angleterre un roi des plus prometteurs, et forcé de ce fait le couronnement d'un frère mal préparé, et dont la santé et le tempérament convenaient beaucoup moins aux devoirs d'un monarque. George VI, ce frère en quelque sorte condamné à régner, adopta lui aussi l'attitude de froideur de la reine Marie à l'égard d'Edouard VIII, rétrogradé au rang de duc. Ce mépris fraternel dura jusqu'à la mort de George VI, décès que la famille royale ne communiqua pas au duc de Windsor de façon intime. Ce dernier fut profondément humilié d'apprendre la mort de son frère le roi d'une meute de journalistes new-yorkais qui l'attendaient à la porte de son hôtel pour recueillir ses commentaires.

L'inimitié de la famille royale eut beaucoup d'autres conséquences fâcheuses pour le duc et la duchesse de Windsor. Entre autres, le duc dut faire des pieds et des mains pour ne pas perdre sa pension royale. Il se heurta aussi à un mur de refus chaque fois qu'il exprima le désir de revenir vivre en Angleterre. Si, en 1953, cette rigidité avait fini par le décourager de réclamer à nouveau un titre royal pour sa bien-aimée Wallis, elle ne ternissait pas son espoir d'assister au couronnement de sa nièce Elizabeth en compagnie de la duchesse. Le duc voyait le couronnement comme l'occasion d'une grande réconciliation familiale aux yeux du monde entier. Ce fut probablement sa dernière grande déception. On lui fit comprendre qu'il avait techniquement le droit d'assister à la cérémonie, mais sans son épouse. À toutes fins pratiques, on espérait qu'il annoncerait publiquement qu'il n'y assisterait pas, question d'éviter tout malaise pour la famille royale et pour lui-même. Le duc ne put faire autrement que de se rendre à l'évidence. Il obtint seulement qu'aucun autre monarque déchu n'assiste à la cérémonie. Finalement, il suivit le couronnement du 2 juin 1953 à la télévision, dans un salon de Paris, afin d'en rendre compte dans un article que lui avait demandé la United Press.

Par la force des choses, la mère de Bébé M. et Garde Vautour suivaient depuis des années les hauts et les bas de la maison Windsor lorsque Elizabeth II accéda au trône d'Angleterre. Cette famille royale était omniprésente dans la vie des deux femmes, vu la majorité anglophone à forte proportion loyaliste de leur entourage. Bien que la parenté et les amis immédiats fussent de souche tout à fait acadienne et catholique, il y avait toujours dans les parages quelque sorte d'alliance qui les portait à s'attarder à l'héritage britannique. Si la dignité des vues de George V et de son épouse la reine Marie avait su faire honneur à cet intérêt, l'abdication de leur fils énergique et charmant par amour pour une Américaine deux fois divorcée enfonçait cruellement le glaive de la réalité dans le portrait royal. Car il ne faut pas oublier que depuis un certain temps déjà, l'ensemble de la monarchie oscillait telle une immense pierre précieuse sur le pic de la désuétude.

Le geste à la fois dramatique et romantique du séduisant Edouard VIII se répandit comme une déchirure à travers l'Empire et éveilla la discorde autour des notions de devoir, d'honneur et d'amour. Même Winston Churchill se retrouva à court de moyens de négociation et de réconciliation. Après le choc initial, un vaste public manifesta sa sympathie aux amoureux. La mère de Bébé M. et Garde Vautour se rangèrent en esprit du côté du duc et de la duchesse. C'est pourquoi elles demeurèrent en quelque sorte obsédées par l'image du duc pleurant à chaudes larmes la mort de sa mère, la reine Marie. La situation avait de quoi laisser perplexe : une mère, une reine toute en droiture, répudiant un fils qui, comme elle, ne faisait que refuser le compromis. Car, en effet, certains avaient encouragé le jeune roi à régner tout en entretenant une liaison cachée avec madame Simpson. Le fait qu'Edouard VIII refusa de se comporter de la sorte tend à démontrer qu'il avait hérité du caractère de droiture de sa mère. Or, comme récompense pour cette fidélité filiale, il fut expulsé du clan. Tout compte fait, c'est ce jugement sans appel qui poussa la mère de Bébé M. et Garde Vautour à conclure que la reine Marie devait bel et bien avoir eu une préférence pour ce fils qui plus tard trahirait, bien malgré lui et de façon magistrale, l'impénétrable esprit de corps anglais.

L'expression *devoir de monarque* n'est pas trop forte pour décrire la tâche qui incombe aux héritiers de la couronne britannique. Le couronnement d'Elizabeth II fut l'occasion, pour ceux et celles qui ne s'y étaient guère arrêtés, de prendre conscience du sérieux de ce règne. *L'Évangéline* fit sa part pour instruire les siens sur les droits et devoirs de la royauté britannique. En cela, le journal acadien ne faisait qu'emboîter le pas à la campagne mondiale d'information qui débuta en janvier 1953, avec l'annonce de la date du couronnement d'Elizabeth II, qui aurait porté le nom de Victoria si l'on avait une seconde imaginé qu'elle accéderait un jour au trône, événement fort improbable avant l'abdication de son oncle. Ces renseignements sur les droits et devoirs de la royauté britannique étaient diffusés à travers la fièvre de la fête qui s'installa peu à peu autour de la cérémonie qui aurait lieu en juin, à l'abbaye de Westminster. Malgré des directives claires interdisant l'exploitation de l'événement et de ses symboles à des fins commerciales, la fièvre qui prenait de l'ampleur de jour en jour ne pouvait pas échapper à une certaine folie marchande. On vendait ici la cravate du couronnement, là on mettait au point la coiffure pour *les femmes sans noblesse* qui y assisteraient. Ici la moustache que porteraient les militaires, là la photo du moine bénédictin qui préparait la soie nécessaire à la confection de la robe de la reine. Le moine Dom Edmund s'était laissé photographier alors qu'il examinait un des nombreux écheveaux produits par des vers à soie nourris aux feuilles de mûrier, à l'abbaye de Farnborough. La fièvre s'alimentait aussi des innombrables détails surgissant au jour le jour sur les bals, réunions mondaines, réceptions, thés et fêtes champêtres qui marqueraient l'événement. Même le Québec y alla d'un jour férié. En outre, tout bébé canadien qui naîtrait le 2 juin recevrait une cuillère en argent du gouverneur général Vincent Massey, en guise de *cadeau personnel en mémoire de solennité.*

Et que de solennité ! Si l'on en croit les articles que *l'Évangéline* a consacrés à la signification profonde de ce *déploiement de couronnes, de sceptres, d'éperons d'or et de robes d'un prix inestimable*, la cérémonie avait de quoi faire réfléchir. Il fallait d'abord savoir qu'elle avait traversé près d'un millénaire, d'où son côté archaïque, mais d'où, aussi, le caractère inébranlable de la couronne comme *symbole qui domine les différences de croyances et de partis.* La femme qui portait Bébé M. dans son ventre depuis plus de trois mois prenait le temps de lire ces longs articles sur l'allégorie de la couronne. Elle savait d'avance qu'elle n'arriverait pas à tout comprendre, mais elle aimait se laisser imprégner de ce savoir et apparentait l'expérience à l'effet pacifiant d'une bonne tasse de thé. Tous les jours, à cette heure, elle remerciait le ciel d'avoir béni ses quatre enfants du don de la sieste, et son mari, d'une *vocation sociale à option journalistique.*

La mère de Bébé M. apprend donc que la cérémonie de trois heures sera divisée en cinq parties : l'Introduction, composée de la Reconnaissance puis du Serment ; le Sacre ; la prise des vêtements et insignes de la royauté qui aboutit au Couronnement ; l'Installation sur le trône et l'Hommage ; et enfin, la célébration de la Sainte Communion. Ainsi, après avoir fait le serment de gouverner les territoires de la Couronne selon leurs lois et coutumes respectives, la future souveraine recevra l'onction qui seule lui permettra de recevoir les insignes de la royauté et la couronne. Pendant le Sacre, l'archevêque officiant touchera la main de la reine avec le sabre du souvenir pour l'inciter à *rendre justice, arrêter le progrès de l'iniquité, protéger la Sainte Église de Dieu, aider et défendre les veuves et les orphelins, restaurer les choses qui sont tombées en ruines, maintenir les choses qui ont été restaurées, punir et réformer ce qui n'est pas dans l'ordre, et confirmer ce qui est en bon état.* Après le Couronnement, l'archevêque officiant déclarera : *Dieu vous couronne d'une couronne de gloire et de droiture, afin que, possédant une foi juste et le fruit nombreux de bonnes œuvres, vous puissiez obtenir la couronne d'un royaume immortel par la grâce de Celui dont le royaume dure à jamais.* L'article entre les mains de la mère de Bébé M. précisait que même si la messe avait été remplacée par un *service symbolique* et que des *prélats d'une hérésie chrétienne* avaient remplacé les évêques romains, la cérémonie refléterait largement le passé catholique de l'Angleterre, qui avait couronné son dernier roi catholique, Jacques II, en 1685. Pendant la cérémonie, le mot *protestant* ne serait d'ailleurs utilisé qu'une fois alors que le mot *catholique* serait utilisé deux fois, dont une lorsque l'archevêque de Cantorbéry mettrait l'anneau au quatrième doigt de la main droite en disant : *Recevez l'Anneau de la dignité royale et le sceau de la Foi Catholique.* D'autre part, on chanterait le *Veni Creator*, le *Gloria in Excelsis*, le *Sanctus* et, après la dernière bénédiction, un *Te Deum solennel et triomphant.* Les catholiques trouveraient aussi leur compte immédiatement après le Couronnement, lorsqu'on présenterait la Sainte Bible à la souveraine, *l'objet le plus précieux que ce monde puisse offrir.*

Dans un autre article, *l'Évangéline* expliqua que la reine *ne règne pas sur nous par droit divin, ni même par notre choix*, qu'en fait *nous participons de sa dignité, sans la lui conférer.* Et bien qu'il n'existe *aucun renseignement précis sur ce que la reine peut faire* outre ses trois droits sur la constitution britannique (*le droit d'être consultée, le droit d'encourager et le droit d'avertir*), le royaume continue de reconnaître en elle la *source de l'honneur* et la *source de la justice*. Symboles ultimes de désintéressement, le roi et la reine sont dépositaires du *rare talent de faire sentir instinctivement leur bonté innée*, gagnant ainsi le respect et l'affection de leurs sujets. Aussi, *ils ont l'éternité pour accomplir leurs importants destins... guidés par des étoiles visibles pour eux seuls*. Nombre de ces attributs étaient d'ailleurs représentés dans la photographie montrant Elizabeth II dans ses habits royaux, c'est-à-dire portant la couronne impériale et sa robe de velours pourpre : *dans sa main gauche elle tient le globe, emblème du pouvoir souverain et dans la droite le sceptre avec la croix, insigne du pouvoir royal et de la justice*. Quant à ses poignets, ils étaient ornés des *bracelets de la sincérité*.

Comme l'avait exprimé un autre commentateur, le travail d'un monarque n'a rien d'une sinécure. Au moment de l'abdication d'Edouard VIII, certains laissèrent croire que le fils héritier de George V n'avait jamais vraiment désiré régner, et que son amour pour Wallis Simpson n'était en fait qu'une manière de se soustraire à ce travail colossal. De pareils racontars n'eurent jamais l'occasion de circuler au sujet d'Elizabeth II, dont on disait surtout qu'elle semblait posséder toutes les qualités nécessaires pour bien remplir son rôle. En 1952, immédiatement après le décès de son père, elle n'hésita pas à prendre en main les affaires du royaume, de sorte qu'avant même son couronnement, on reconnaissait déjà sa vaillance, son aplomb, son courage et son sens social, démocratique et familial. On parlait aussi de son charme et de sa beauté enviable, reflet de *la beauté spirituelle et morale* qui l'animait, de sa résistance extraordinaire à la fatigue et de sa conscience profonde du devoir. Ainsi, à 27 ans, épouse et mère de deux enfants, femme de maison, femme d'affaires et propriétaire, Elizabeth accepta de devenir à son tour *un support de l'axe sur lequel se meut l'univers.*

Assise dans la berceuse du coin de la cuisine, les pieds sur un tabouret, tasse de thé en main, la mère de Bébé M. essaye d'imaginer la vie de la nouvelle reine, femme du même âge qu'elle. À côté de l'évier ronronne la machine à laver toute neuve qui mâchonne sa quatrième brassée depuis le matin. Comme tous les jours après le dîner, les enfants dorment dans la pièce d'à côté. La femme enceinte s'étendra à son tour à la fin de cette dernière brassée. C'est un peu à cause de cette cinquième grossesse qu'elle s'est enfin décidée à acheter, à crédit bien entendu, cette laveuse Connor Thermo. Elle ne l'a pas choisie parce qu'elle était *la plus belle machine à laver sur le marché*, comme le vantait la publicité, mais parce qu'on la vendait chez Lounsbury, où il lui était commode de se rendre faire son paiement mensuel. Le coût de la machine lui avait certes posé quelque problème, car elle n'avait pas l'habitude de se permettre les marques les plus chères, mais elle avait réussi à se convaincre que, dans ce cas, sa décision était justifiée.

La mère de Bébé M. avait souvent à prendre des décisions qui engageaient le mode de vie de toute la maisonnée, mais elle ne s'enorgueillissait pas d'être reine du foyer pour autant. Elle n'avait pas conscience, non plus, d'avoir été l'objet de quelque *faveur divine pour son rôle de mère catholique, à la fois une infirmière, une prieure, une éducatrice, une martyre et une reine.* Elle était surtout consciente du travail concret de la ménagère, travail que les plus élémentaires rouages de la vie familiale anéantissaient en un rien de temps. Tout de même, la mère de Bébé M. ne minimisait ni sa place ni son rôle dans la hiérarchie. Elle se rendait bien compte que tous avaient le même devoir, celui de veiller sur les leurs. Ainsi, que ce fut la mère de Bébé M. sur sa maisonnée, son mari le scripteur engagé sur la nation acadienne ou la reine Elizabeth II sur l'Empire, chacun s'astreignait à honorer et à protéger les siens. La tâche était clairement dessinée et chacun s'y consacrait sans trop se questionner, sans doute parce que chacun dans sa sphère se rendait bien compte qu'il n'y avait rien de garanti, qu'à tout moment, la vie pouvait se désagréger, et que Dieu seul ne parviendrait pas à arranger les choses.

La menace de dissolution venait de partout. Elle prenait des formes si diverses qu'on n'en finissait plus d'apprendre à la connaître et à la reconnaître. Dans ce sens, il fallait tout examiner deux fois plutôt qu'une. Il s'installa quelque chose comme un lent et long procès. Mais que de travail. Qui croire ? Quoi croire ? Cette lettre d'un lecteur, par exemple, dénonçant la parution dans *l'Évangéline* de *quelques articles à prétention historique exposant avec complaisance les gloires de la noblesse.* Ne pouvant se résoudre *à voir subsister en plein 20e siècle une illusion qui a projeté son ombre néfaste sur des siècles entiers d'histoire*, ce lecteur offusqué jugea nécessaire de mettre les pendules à l'heure en rappelant qu'il n'existe *qu'une seule et vraie noblesse… celle du cœur*, et que *la seule différence que le Créateur a mise entre les humains, c'est celle de la soumission de la femme à*

l'homme. La gorgée de thé se glaça du coup dans le gosier de la mère de Bébé M.

Et que penser de Julius et Ethel Rosenberg ? Perfides espions ou saints innocents ? Ils attendent depuis presque deux ans qu'on les mène à la chaise électrique de la maison des morts de Sing Sing, mais leur exécution ne cesse d'être repoussée. Jusqu'à Einstein et Pie XII qui ont demandé que soit commuée leur peine de mort. De sursis en sursis, les Rosenberg expieront finalement leur crime atomique le 19 juin, pendant *un coucher de soleil ardent.* Le même jour, le président Eisenhower leur refusera un dernier appel à la clémence, soutenant que *le dessin grossier de la première bombe atomique* qu'ils avaient traîtreusement livré à un agent russe *pourrait entraîner un jour la mort de plusieurs millions de personnes innocentes.* Dans les mois qui avaient précédé, il avait aussi été proposé d'utiliser les Rosenberg comme monnaie d'échange pour obtenir la libération de prisonniers américains, dont le correspondant de la Presse associée à Prague, William Oatis. C'est dire que les journalistes avaient un certain poids, mais pas assez pour que la suggestion soit retenue. Cette fois, le coup de pied que donna Bébé M. dans la paroi utérine fut ressenti par sa mère, qui éprouva une sensation de gargouillement dans son ventre.

Les journalistes étaient en effet souvent victimes du combat qu'ils menaient contre l'ignorance. Mais même si on les blâmait pour leurs erreurs et qu'on se moquait de leur acharnement, personne ne les priverait de leur rôle dans le développement du 20e siècle. L'Unesco avait consacré la profession en 1948, dans un jugement on ne peut plus clair : *le journalisme est désormais une profession et l'état de journaliste est considéré comme honorable.*

Lester B. Pearson, qui en 1953 était ministre canadien des Affaires extérieures et qui s'approchait tranquillement du poste de secrétaire général de l'ONU et du prix Nobel de la paix, reconnaissait lui aussi l'importance de cette profession. Il se plaignait cependant que *les reportages des nouvelles fussent si bons que les résultats des discussions diplomatiques étaient parfois rendus publics avant même qu'elles n'aient lieu.* Le président Eisenhower était quant à lui disposé à entretenir un esprit de camaraderie avec les journalistes. Il leur permit de l'appeler Ike, déclarant publiquement que cette familiarité ne portait pas atteinte à sa dignité présidentielle.

Malgré le fait que l'on respecta les journalistes, il était aussi agréable d'apprendre, de temps en temps, que quelqu'un avait eu le mot juste pour en rabrouer un, affaire de ne pas leur laisser prendre toute la place. Le mari de la célèbre soprano Helen Traubel compte parmi ceux qui, en 1953, donnèrent l'occasion à la masse non journalistique de se venger un peu de la tension causée par la présence constante de la plume, du micro et de l'œil de la démocratie. L'époux qualifia d'imbécile le journaliste qui voulut savoir si le directeur Rudolf Bing avait mis madame Traubel à la porte du Metropolitan Opera *pour de bon* parce qu'elle chantait dans des clubs de nuit. L'exaspération du mari de madame Traubel devant cette nuance plutôt anodine montre à quel point l'omniprésence des journalistes commençait à énerver la population. Le cardinal Spellman de New York eut aussi un petit moment de gloire à ce propos. Arrivant d'une tournée de trois semaines en Europe, il fut contraint de corriger les rapports concernant les malaises qu'il avait eus pendant son séjour sur le vieux continent. Il eut seulement à dire que les rapports en question provenaient d'un journaliste qui l'avait examiné avec un crayon et non d'un médecin muni d'un stéthoscope, et tout fut compris.

⁘

Car c'était ainsi. Peu importe le bout par lequel on ramassait le tissu social, on ne pouvait jamais être certain d'en détenir un solide filon de connaissance, fût-elle populaire ou scientifique. Même Pie XII jugea nécessaire d'intervenir deux fois pendant l'année. Il traita d'abord des excès et des lacunes de la psychanalyse, estimant que cette forme de recherche ne devait pas *abaisser l'homme au niveau de la brute sous prétexte de vouloir sonder les secrets de son caractère*. Ensuite il condamna l'eugénisme, cette nouvelle *science audacieuse de l'hérédité* qui menaçait d'agir de façon à améliorer la race. Comme tout bon journaliste, le père de Bébé M. avait beau se sentir à peu près ignorant de l'un et l'autre de ces domaines, il ne perdait jamais de vue son rôle dans la chaîne de la connaissance. Tout ce qui serait rapporté fournirait un éclairage supplémentaire sur ce monde qui se méfiait au plus haut point de l'obscurantisme. Ainsi, entre un article intitulé « Les Yougoslaves accusent les Italiens » (l'affaire de Trieste) et un autre intitulé « Les Russes veulent se reposer » (au terme du régime stalinien), on apprenait « Ce que pensent les Français des Américains », à savoir que *les Américains sont de grands enfants qui ne peuvent se mêler de leurs affaires*. Ce genre d'article appelait le sourire et se laissait facilement lire jusqu'au bout. On y découvrait que malgré ce défaut, les Français préféraient les Américains à tout autre peuple, exception faite des Suisses. Et même si le Français moyen considérait les Américains comme *hypnotisés par la peur du communisme*, il choisirait en premier lieu un Américain quant à recevoir un étranger dans son foyer. L'article précisait, en outre, que plus de la moitié des 8000 Français qui avaient répondu au questionnaire n'aimaient pas le jazz, et qu'une majorité plus forte encore désapprouvait la gomme à mâcher.

Par contre, l'affaire de Trieste présentait un défi d'interprétation beaucoup plus grand. Trieste, ce port de l'Adriatique que se disputaient l'Italie et la Yougoslavie, était en quelque sorte le thermomètre qui mesurait l'appui du monde occidental au régime de Tito. Les puissances démocratiques, plus tolérantes à l'égard du régime yougoslave depuis que le célèbre maréchal s'était distancié de Moscou, hésitaient à intervenir avec force dans ce conflit. En 1947, le traité de Paris avait créé le Territoire libre de Trieste, un territoire neutre divisé en deux zones, l'une placée sous la surveillance des Anglais et des Américains, l'autre sous la surveillance des Yougoslaves, le tout chapeauté par l'ONU. En 1953, lorsque la Yougoslavie menaça de reprendre l'ensemble de ce territoire qu'elle avait occupé en 1945, les dirigeants italiens demeurèrent calmes mais fermes devant ce qu'ils croyaient être du chantage. Ils préparèrent néanmoins l'armée italienne à intervenir au cas où la Yougoslavie mettrait sa menace à exécution. L'Italie obtint finalement sa part du gâteau l'année suivante. Le Territoire libre de Trieste fut alors partagé une fois pour toutes entre l'Italie et la Yougoslavie, le gouvernement de Tito acceptant de se retirer de la zone portuaire convoitée par les Italiens.

Les annales de la connaissance populaire (*l'Évangéline*, le *Petit Robert des noms propres*, un guide des cent villes et villages les plus intéressants d'Italie) n'éclairent pas les motivations de la Yougoslavie dans ce compromis. Les Yougoslaves s'étaient peut-être rendu compte que Trieste avait seulement connu la prospérité sous le règne des Habsbourg, c'est-à-dire des Autrichiens, et que ce ne serait ni les Yougoslaves ni les Italiens qui renverseraient ce déterminisme historique. Ou peut-être, sentant déjà son impuissance à empêcher le déclin du port, la Yougoslavie avait-elle simplement accepté de laisser Trieste à son destin de ville frontalière encline, comme tant d'autres, à n'en faire qu'à sa tête de toute façon. Si cette intuition exista, elle se révéla plutôt juste, car même sous l'aile de l'Italie, Trieste continue d'afficher une identité qui lui est tout à fait propre. L'heure de route qui la sépare de Venise suffit à tenir Trieste à l'écart du flux touristique international qui inonde l'Italie, et permet aux 270 000 Triestins de vivre plus au ralenti que les autres citadins italiens. Leurs touristes, ce sont les Yougoslaves qui traversent la frontière pour venir s'acheter des souliers et des vêtements dernier cri. Outre les commerçants, beaucoup de Triestins gagnent honorablement leur vie à importer du café pour les torréfacteurs et comptoirs d'expresso du reste de l'Italie. D'autres se sont spécialisés dans la rédaction de contrats d'assurance pour clients éloignés. Dotée d'une bonne université et d'un institut international de physique théorique, Trieste aspire aujourd'hui à la notoriété en tant que centre international de recherche scientifique.

Il fait également partie de la connaissance populaire que le métier de journaliste repose sur la réalité, c'est-à-dire sur des faits vérifiables et vérifiés. La personne qui se dit journaliste ne peut pas se mettre à raconter n'importe quoi, elle doit rapporter ce qui est. Elle peut faire preuve de plus ou moins de perspicacité, mais elle doit absolument éviter de déformer les faits pour favoriser un point de vue plutôt qu'un autre. L'écriture d'un roman offre plus de latitude à la personne qui éprouve de la difficulté à s'en tenir aux faits. Le romancier a non seulement le droit de fabuler, il en a même le devoir. On peut aimer ou ne pas aimer, on peut être d'accord ou non avec l'orientation qu'il donne à son récit, mais on ne peut pas nier le voyage de son imaginaire. Ce serait, pour reprendre les mots de Pie XII, *abaisser l'homme au niveau de la brute* dans le but d'enchaîner ce qu'il appelle *les secrets de son caractère.*

Néanmoins, pour écrire, le romancier a besoin de cette matière première qu'est la réalité. Il a besoin de la réalité – et le langage fait partie de cette réalité – pour traverser le mur qui veut se refermer sur lui, mur qui ressemble étrangement au mur de la connaissance. Dans ce sens, le romancier se sert de la réalité comme d'une arme pour se lancer à l'assaut du mur. Ainsi décrite, l'écriture d'un roman peut paraître assez périlleuse. Et c'est juste, car le romancier n'est pas à l'abri du danger que son arme, d'une façon ou d'une autre, se retourne contre lui. Il n'est pas à l'abri de la réalité – du mot – qui blesse. De même, le roman n'a pas le pouvoir d'anéantir cette blessure, tout comme il n'a pas le pouvoir d'anéantir la réalité. Il peut seulement espérer la faire fleurir. Si Dieu a quelque mérite, le fait d'avoir jeté une poignée de romanciers dans l'univers y est sûrement pour quelque chose. Ce geste a eu comme conséquence de doubler d'une aura tout événement rapporté par un journaliste pour le plus grand bien de la démocratie. Cette aura, c'est la possibilité que l'événement soit repris et récrit par un romancier, pour le plus grand bien de l'humanité. D'où Trieste la fabuleuse, qui, ayant bu à plusieurs sources, opta pour le café, la physique théorique et les contrats d'assurance, combinant son héritage viennois, italien, hongrois et balkan dans ses plats cuisinés.

La mère de Bébé M. et Garde Vautour n'ont pas suivi l'affaire de Trieste dans tous ses détails. *L'Évangéline* parlait souvent de l'arrangement précaire qui subsistait dans ce coin de l'Europe, mais le fond du problème continuait d'échapper à la compréhension. Il s'agissait d'une autre de ces situations politiques difficiles à comprendre à distance. C'est ainsi qu'en juillet 1954, lorsque le journal annonça qu'une division italienne allait prochainement prendre le contrôle de la zone que l'adversaire yougoslave avait finalement accepté de céder, la mère de Bébé M. et Garde Vautour sentirent qu'il y avait de quoi se réjouir, mais elles n'eurent pas le temps d'approfondir leur réflexion, tellement elles furent accaparées, le même jour, par l'hospitalisation de Bébé M. Or, il y avait dans le geste de la mère déposant Bébé M. dans les bras de Garde Vautour quelque chose de semblable à la Yougoslavie cédant la zone portuaire de Trieste à l'Italie. La mère, comme la Yougoslavie, ressentait les aspects contradictoires de la reddition : d'une part la lourdeur de l'échec, d'autre part la légèreté de cœur qui vient à ceux et celles qui savent reconnaître la défaite et agir en conséquence. De son côté, Garde Vautour, comme l'Italie, acceptait

Bébé M. avec toute l'assurance du monde médical (c'est-à-dire du monde occidental), mais elle savait qu'il ne faudrait ménager aucun effort pour mettre Bébé M. (c'est-à-dire Trieste) sur la voie d'un développement sain.

La science médicale a bien fait ses devoirs dans le cas de Bébé M. Sans réellement connaître la cause de sa maladie, et sans avoir vraiment réussi à en interrompre le cours, elle a soutenu l'enfant d'un bout à l'autre de cette période de crise, faisant en sorte que le petit corps assimile une quantité suffisante de nutriments en dépit de son problème d'absorption. Bref, la science médicale a gardé Bébé M. en vie. N'empêche que pendant son hospitalisation de juillet 1954, Bébé M. a sombré au plus creux de la maladie avant de commencer à se porter bien. Le médecin traitant craignait même de ne pouvoir sauver l'enfant. Malgré sa force de caractère indéfectible, Garde Vautour redoutait elle aussi que Bébé M. ne soit emportée dans le tumulte de son propre aveuglement. Car dans son for intérieur, Garde Vautour trouvait Bébé M. trop capricieuse pour son bien. Et malgré qu'elle lui reconnaissait le droit d'entrer dans la vie par la porte de son choix, elle l'exhortait pour l'amour du ciel à se distancier de la porte de la malabsorption. C'est dire à quel point Garde Vautour ignorait les dispositions prises par le Très-Haut pour assurer la reproduction de l'espèce romancière. Dans ce cas, le germe de l'écriture fut enfoui au plus profond des entrailles de Bébé M., ce qui est peut-être le cas de tous les écrivains vu leur tendance à se prendre pour le nombril du monde.

Pourtant, pendant qu'elle passe des bras de sa mère à ceux de Garde Vautour, Bébé M., elle, ne se rend compte de rien du tout. Comme Trieste, le secret de sa survivance réside dans un lointain passé, dans une intelligence du temps et de la durée que l'humanité, dans son empressement à vivre, s'efforce tous les jours de méconnaître. Pour Bébé M., rien ne change. La vie n'est que le bassin de ces luttes intestines qui l'accaparent tout entière et qui, en la dévorant, la retiennent à la vie. Car l'esprit de Bébé M., lui, est déjà en route. Il ne peut rien connaître, car il n'est déjà plus là. Il est ailleurs, en exil, dans la sphère de l'inconscient.

Chapitre IV
Le cinéma de l'écriture

Croire ou ne pas croire en Dieu – La folle entreprise du roman – À bonne distance de la futilité – Le petit côté horrible d'une eau qui monte – Aspect infiniment diffus de la vie – Sensation d'absence – Le coussin de baseball comme point de chute – Le sérieux du rigolo et le vrai du faux – Le présent comme possibilité – Calvitie et transsexualité – Refus et avancement des sciences – Mystères et contours des civilisations – La dimension ultime des choses – La quête d'un centre – Le tombeau de Mussolini et le miracle de la Madone en pleurs

Les romanciers ne croient pas tous en Dieu, et beaucoup de ceux qui croient en Lui n'y croient que par intermittence. Cela est bien dommage, car il n'y a pas beaucoup d'autres moyens de traverser sereinement l'écriture d'un roman qui échappe. Affectionnant une certaine logique, le romancier a tendance à paniquer lorsque ce qui voudrait s'exprimer n'entre pas vraiment bien dans la suite de son histoire. Il croit alors qu'il a mal fait son travail, qu'une distraction lui a fait faire fausse route ou qu'il n'a tout simplement pas assez travaillé. Car les romanciers ont souvent l'impression que ce sont eux qui dirigent l'écriture de leur roman. Les pauvres. Au lieu de s'en tenir à prêter intelligence et intuition à ce qui veut s'exprimer, le romancier qui veut trop contrôler ce qui sort de sa plume risque de mourir noyé dans son encre. Il gagnerait à se laisser flotter au-dessus de toute considération de logique et de calcul, et à se laisser porter par le courant. Même au risque d'échouer sur la grève ou de changer d'embranchement. Dieu lui pardonnera facilement ses péchés d'illogisme, Lui-même étant constamment accusé d'en commettre.

Le romancier a aussi tendance à se perdre dans ce qui constituerait l'histoire en regard de l'Histoire. En fait, il ne sait jamais très bien sur quel plan il (se) raconte. Comme au cinéma, un flou dérangeant se crée autour de tout ce qui veut être montré avec précision. Par contre, un objectif à visée lointaine fait perdre au romancier toute profondeur de champ, écrasant tout relief, aplatissant la vision qui avait pourtant eu le mérite de le tirer de son farniente et de le mener jusqu'à sa table de travail. C'est sans doute à cause de cette difficulté posée par l'histoire, ou l'Histoire, que tout romancier en processus d'écriture se jure que l'œuvre à laquelle il travaille sera la dernière. Il va de soi qu'une personne jouissant de toutes ses facultés mentales ne recommence jamais volontiers ce manège. L'Histoire, qui au départ attire comme une statue majestueuse, se révèle de l'intérieur une enclave humide et caverneuse, avec chauves-souris et stalactites suintantes dont les égouttements tombent dans un lac miroir, probablement sans fond, sur lequel il faut pourtant avancer. Le cauchemar, quoi ! À un point tel qu'il y a lieu de s'interroger sur l'intérêt de cette occupation. Et c'est ici, précisément, que commence la fiction.

La balle revient. Chaque balle est un défi.

⁂

Élizabeth et Brigitte sont assises l'une en face de l'autre dans le bureau de Brigitte, un bureau gratte-ciel qui respire la réussite, avec canapé en cuir, objets d'art et tout. Les fenêtres grandes comme un écran de cinéma sont à hauteur idéale du sol, à cette hauteur où il est encore possible de distinguer à quels détails s'affaire le genre humain, tout en gardant à distance la futilité de ces détails. À cette altitude, il est impossible de trouver que le monde est laid et que la vie est une impasse. Et bien entendu, à cette hauteur, n'importe quel centre-ville trouve son compte, même celui de Montréal. Pour Brigitte, ce spectacle de la métropole un peu excitée est le même jour après jour. Il n'y a rien à en attendre. Élizabeth, par contre, en voyant cette activité, ne peut s'empêcher de se sentir comme au bord d'une fête. La vue sur cette fébrilité soutenue est particulièrement utile en ce moment. Ne parlant plus, les deux femmes s'y laissent ballotter en pensée. A vrai dire, c'est surtout Elizabeth qui a parlé. À présent, son silence est relativement normal. Celui de Brigitte, qui a surtout écouté, est plus compromettant.

Et la balle revient.

La période de temps qui s'écoule entre deux coups de raquette représente, pour Brigitte, une période de temps parfaite. Si elle avait eu à inventer une unité de temps, ç'aurait été celle-là. Toute sa vie se déroule comme en superposition à ce rythme. Brigitte en décèle toujours la cadence dans des moments significatifs ou heureux, et parfois, elle impose elle-même ce rythme aux circonstances. Mais Brigitte n'a bien sûr jamais extériorisé cette conscience qu'elle a du rythme. Et jamais les gens qui se trouvent en sa présence ont l'impression d'être en train de disputer un match de tennis.

Chaque balle est un défi.

Brigitte ne peut rien au silence qui n'en finit pas de la gagner, même s'il peut paraître compromettant. Elle est d'ailleurs un peu étonnée de se voir plongée dans un état qui a l'air de vouloir s'étendre et prendre toute la place. Elle cherche l'idée, le mot qui pourrait mettre fin à cette espèce d'envahissement. Lui vient seulement l'image d'une eau qui monte peu à peu, en recouvrant d'abord les pieds, puis les chevilles, les mollets, les genoux, les cuisses. Il ne s'agit pas de l'eau montante d'une marée, à laquelle il est facile d'échapper en reculant de quelques pas. Cela ressemble plutôt à de l'eau qui viendrait d'un sous-sol, remplissant un étage à la fois, à une eau montant par le bas, à laquelle il est impossible d'échapper. Mais cette description a un petit côté horrible qui ne fait pas partie de ce que ressent vraiment Brigitte.

Brigitte sait très bien que ce qu'elle ressent n'est pas strictement attribuable à la présence d'Élizabeth dans son bureau. Elle sait qu'Élizabeth n'est qu'un fil conducteur, un symbole concret du moment. Cette amie ne lui demande rien, sinon un moment d'amitié comme elles en ont maintes fois partagé. Et comme Brigitte a toujours eu cette disposition fondamentale d'amitié pour Élizabeth, elle ne voit pas ce qui, aujourd'hui, poserait problème. Tout de même, Brigitte ne saisit pas ce qui arrive au juste. Elle a de la difficulté à distinguer ce qui a surgi de l'intérieur de ce qui est venu de l'extérieur. Elle est comme subjuguée par l'aspect infiniment diffus de la vie.

La balle revient. Chaque balle est un défi.

✣

De son côté, Élizabeth s'est quelque peu laissée engourdir par le calme et la lumière paisible du bureau. C'est comme si elle se trouvait tout à coup dans une oasis de tranquillité. Le silence de Brigitte ne l'étonne pas. Elle sait qu'il n'y a rien à dire, du moins pour le moment. Mais elle sait aussi autre chose. Elle se sait rendue à une sorte de fin, à une sorte de degré zéro. C'est aussi le cas de Brigitte, bien que Brigitte n'y pense pas en ces termes. Ce moment qui ne cadre avec rien de ce qu'elle connaît est loin de faire peur à Élizabeth. Tout de même, une image curieuse lui vient à l'esprit. Elle se voit en train d'enfoncer les doigts dans son sternum et, tirant solidement de chaque côté pour bien écarter les côtes et les chairs, elle fait surgir ses poumons et son cœur au grand air. Elle imagine tenir son cœur dans ses mains, dans l'air du temps. Elle le voit et le sent battre. Elle soulève ensuite ses poumons, les sent se gonfler et se dégonfler contre sa paume. Elle aime la chaleur et l'autonomie de ces organes, ainsi que le sang huileux qui recouvre ses mains et ses avant-bras. Mais cette description a un petit côté macabre qui ne fait pas partie de ce que ressent vraiment Élizabeth.

Élizabeth a souvent une sensation de vide dans la poitrine, comme s'il n'y avait rien dans sa cage thoracique. Rien dans ses seins non plus. Toute cette partie de son corps lui fait penser au contour de la pièce manquante d'un casse-tête. L'absence prend fin au niveau du ventre, qu'elle sent bien, tout comme son sexe et ses jambes. Elle sent aussi ses épaules, ses bras, son cou et sa tête. Elle sent son dos aussi. Mais elle ne sent rien à l'intérieur de sa poitrine. Il lui arrive parfois de sentir quelque chose quand quelqu'un lui caresse le corps. Du moins, elle oublie alors le vide de sa poitrine. Même si on ne lui touche que la main. Peut-être sent-elle, à travers ce toucher, le cœur, les poumons, la poitrine pleine de l'autre personne.

✣

Deux femmes donc, tantôt l'une en face de l'autre, tantôt l'une à côté de l'autre. Brigitte et Élizabeth. Élizabeth et Brigitte. Il faudra demeurer longtemps en leur présence, dans cette pièce, pour comprendre un peu d'où elles arrivent. Sans qu'elles aient tenté d'échapper à leur passé, on peut dire que le passé les a rattrapées. L'une et l'autre savent, quoique confusément, qu'elles atteignent en quelque sorte un point d'arrivée, mais non un but comme on s'en fixe parfois dans la vie. Il s'agirait plutôt d'une halte, plus ou moins nécessaire, plus ou moins désirée, mais non dépourvue d'intérêt pour autant. Un peu comme au baseball, lorsque le frappeur d'un circuit, sachant qu'on ne pourra le mettre hors-jeu, prend le temps de bien enfoncer le pied dans les coussins en passant.

En 1953, Brigitte avait cinq ans. À cet âge où tout peut être intéressant, son père, un géographe, l'entretenait longuement sur les contours de la terre, poussant souvent jusqu'aux contours de la vie. C'était un jeu auquel les deux s'adonnaient sans trop de contrainte, sans toujours différencier le sérieux du rigolo, le vrai du faux. Pour ne pas trop confondre l'enfant, le géographe avait trouvé une façon de respecter la réalité sans trop s'en alourdir, et pour rassurer son père, la fillette faisait parfois semblant de ne pas tout comprendre. À cet univers d'explorateurs et de contrées lointaines s'ajoutèrent peu à peu les découvertes scientifiques, de sorte que la leçon de géographie du globe prit bientôt toutes les dimensions des aspirations humaines. C'est donc dans cet univers de détermination et d'exploits que Brigitte prit connaissance du mur du son avec les deux Jacqueline (les aviatrices Jacqueline Auriol et Jacqueline Cochrane). Elle suivit aussi, dans ses exploits, la nageuse Florence Chadwick traversant les Dardanelles agitées, la Manche et son banc de méduses, les détroits de Catalina, de Gibraltar et du Bosphore, et elle découvrit le fond de la mer et les couches supérieures de l'atmosphère avec le savant Picard. Les jeûnes de plus de 80 jours de l'Allemand Willie Schmitz et de l'Indien Rei Kan furent pour leur part très instructifs quant à la possibilité de vivre sans nourriture.

Plus le géographe et la fillette avançaient dans leur découverte du monde, moins ils rencontraient de limites aux façons de l'aborder. Le jeu allait parfois très loin. Au grand plaisir des enfants du quartier, père et fille avaient mis en scène l'exploit d'Ann Davison, partie à la conquête de l'Atlantique pour venger la mort de son mari. Le père jouait le rôle de l'époux Davison, qui se noya lorsque sa femme et lui tentèrent de traverser l'océan dans un voilier de trois mètres. Brigitte portait ensuite la pièce toute seule, personnifiant avec assurance la veuve de 38 ans qui entreprit seule la même traversée, pour honorer la mémoire de son mari. Malgré son jeune âge, Brigitte n'eut pas de difficulté à imaginer l'élasticité du temps passé en solitaire sur la mer. Elle la concevait comme un déjà vu qui dure et qui dure, chaque fraction de seconde s'ouvrant sur d'autres fractions de seconde, comme dans une implosion. Épousant le rythme des flots, elle recula à ce point dans son intérieur qu'elle finit par tenir en haleine les jeunes spectateurs, qui ne savaient plus si l'héroïne était sur le point d'une prise ou d'une perte de conscience.

Père et fille suivirent aussi avec grand intérêt la conquête de l'Everest, s'attachant surtout à l'alpiniste indo-népalais Tensing Norgay, compagnon d'expédition d'Edmund Hillary. La présence d'un petit chien tout mignon sur la photo de famille de Norkay (une épouse et deux filles) influença grandement ce parti pris. De Hillary, les deux aventuriers de salon ne retinrent qu'il avait réalisé l'escalade pour souligner le couronnement d'Elizabeth II. Brigitte et son père savaient aussi que des femmes porteuses participaient à l'expédition, mais ils ne savaient pas si elles s'étaient rendues jusqu'au pic. Puisque les enfants du quartier ne cessaient de leur redemander une mise en scène, la fille et le père concoctèrent une sorte de mutinerie alpine de ces femmes porteuses. Le conflit terminé, le chef de l'expédition fut obligé d'admettre que l'escalade aurait été nulle sans la force d'endurance de ces femmes.

⁜

Élizabeth, elle, n'avait qu'un an en 1953. Sa destinée fut donc toute autre que celle de Brigitte et de Bébé M. Trop jeune ou trop vieille, le monde des merveilles de 1953 lui échappa totalement. Toute sa vie, elle s'est trouvée coincée dans cet entre-deux, comme au bord du présent. Cette situation ne lui est jamais apparue aussi clairement qu'aujourd'hui. Baptisée du nom d'une reine pas encore couronnée, une reine qui de surcroît aurait porté un autre nom si la couronne lui avait été plus directement destinée, Élizabeth croit comprendre qu'elle pourrait rester toute sa vie dépositaire soit de quelque chose qui n'est qu'à la veille de se produire, soit de quelque chose qui n'a tout simplement pas été prévu.

Élizabeth vient de passer presque trois jours dans sa voiture à guetter l'immeuble à appartements où elle a souvent eu rendez-vous avec Claude. Celui-ci est masseur et Élizabeth lui rendait visite dans ce contexte. Cette fois Élizabeth est demeurée dans sa voiture, car elle ne voulait pas parler à Claude. Elle voulait seulement savoir où il se trouvait. Elle sait maintenant qu'il n'habite plus dans l'immeuble. La concierge peu loquace a fini par lui dire que le locataire en question est parti depuis trois mois, sans laisser d'adresse. Cela explique pourquoi Élizabeth n'avait pu joindre Claude au téléphone. Au début, il y avait eu un répondeur, puis un message enregistré disant que le numéro n'était plus en service. Bien qu'elle eût peu attendu de cet homme, Élizabeth avait espéré suffisamment pour venir vérifier s'il vivait toujours là où elle l'avait connu.

Lorsqu'elle vient à Montréal, Élizabeth se réserve toujours un peu de temps pour revoir son amie Brigitte. Les deux femmes se sont connues à l'école de médecine et se sont toujours revues par la suite. En ce moment, dans le bureau de Brigitte, Élizabeth se rappelle que c'est Brigitte qui lui a fait connaître Claude. Jamais Élizabeth n'aurait d'elle-même pris rendez-vous chez un masseur. Même que la suggestion avait d'abord répugné à Élizabeth, mais le charisme de Brigitte était irrésistible et elle avait fini par se laisser convaincre. En fin de compte, Claude avait inspiré confiance à Élizabeth. Il avait été discret mais attentif, séduisant sans essayer de l'être. Mais comme il ne parlait pas beaucoup et qu'il gardait une certaine distance, Élizabeth avait conclu qu'il fallait s'en tenir à cette relation de service, pour ainsi dire. Un jour Brigitte et Élizabeth avaient croisé Claude en ville, chez un antiquaire de la rue Saint-Laurent. C'était un samedi après-midi, Élizabeth s'en souvient bien. Grâce au naturel sympathique de Brigitte, les trois avaient causé pendant un moment. Élizabeth avait trouvé Claude plutôt décontracté. Mais cette rencontre hors contexte ne changea rien au rapport qui s'était établi entre leurs corps, et, pour Élizabeth, à l'impression qu'il ne fallait rien espérer de plus de ce côté.

✣

Lorsque la situation s'y prête, Brigitte s'amuse à dire qu'elle fait carrière en *pharmacologie du refus*. Après avoir terminé ses études de médecine et œuvré quelques années dans une clinique privée, elle fut recrutée par la multinationale en pharmaceutique où elle travaille maintenant depuis une douzaine d'années. Elle se sent à sa place dans cette discipline médicale qui se préoccupe de remèdes et d'autres formes de sursis. Au début, et cela dura quelques années, Brigitte fit tout ce qu'il fallait pour bien comprendre le fonctionnement de cette gigantesque entreprise. Elle lut des montagnes de documents traitant tantôt de recherche scientifique, tantôt de philosophie et d'éthique. Vu sa capacité à assimiler beaucoup de nouvelles notions et à gérer des connaissances fraîchement acquises, on la nomma assez rapidement au secteur administratif. Depuis plusieurs années, elle planifie et supervise les travaux d'une demi-douzaine d'équipes de recherche.

Brigitte a tendance à oublier avec quel acharnement

elle s'est consacrée à sa carrière. Rien ne lui avait semblé plus naturel que de vouloir connaître tous les rouages de l'entreprise. Pendant plusieurs années, elle n'eut pratiquement aucune vie sociale et cela ne lui manqua guère. Elle sillonna trois continents et rencontra un grand nombre de chercheurs dans tous les laboratoires de la société. Ces rencontres furent toutes aussi intéressantes les unes que les autres. Et même si elle avait parfois l'impression de vivre dans un rêve tellement elle n'aurait jamais pu imaginer tout ce qui lui arrivait, elle n'en faisait pas cas. Sur ce plan, elle gardait l'anonymat. C'est seulement quand on met les pieds dans son bureau qu'il devient clair que Brigitte a accédé à un échelon enviable du monde du travail.

Ce bureau spacieux et confortable, qui reflète un esprit aussi large que libre, n'a pourtant rien d'intimidant. Le sérieux qui se dégage de l'aspect classique des boiseries et de l'allure savante des bibliothèques est atténué par des objets hétéroclites souvent assez surprenants. Par exemple, debout près du bureau, cette sculpture grandeur nature d'une sorcière tenant une boule de cristal dans une main et, dans l'autre, un bol en verre de bohème rempli de petites boîtes de gomme à mâcher Chiclets. Tout aussi impressionnant, sur un piédestal au fond de la pièce, ce bronze trois ou quatre fois grandeur nature d'un cœur humain coupé en deux. Mais c'est à la vue de la raquette de tennis cassée, presque pliée en deux, au pied d'une collection de livres luxueusement reliés, qu'Élizabeth, sourire en coin, reconnaît son amie Brigitte, femme d'un grand sang-froid, dont les explosions rares mais incontournables ont souvent un effet tonique sur l'entourage, probablement parce qu'elles rétablissent pour tout le monde en même temps le fait qu'il y a tout de même des limites.

Il n'y a pas très longtemps que Brigitte utilise l'expression *pharmacologie du refus* pour décrire l'orientation des équipes de recherche qu'elle dirige. Pour ce qui est du groupe qui cherche la solution chimique au problème de rejet d'un organe greffé, Brigitte est consciente qu'il faudrait parler de *pharmacologie de l'acceptation* plutôt que de *pharmacologie du refus*. Mais depuis qu'elle a eu à défendre une recherche dans le domaine de la transsexuation, elle est convaincue que le refus motive davantage la recherche médicale que l'acceptation. Il s'agissait de créer un nouveau programme hormonal de transformation sexuelle. Au début, les dirigeants de la multinationale hésitèrent à s'embarquer dans cette recherche. Ils étaient loin de croire aux profits que pourraient rapporter ces nouveaux médicaments. Brigitte soupçonnait bien sûr que ces messieurs trouvaient cette histoire de transsexuation plutôt perverse. Elle insista donc sur l'orientation d'une sous-recherche qui découlerait de la recherche hormonale principale, sous-recherche qui laissait présager la découverte d'un remède contre la calvitie. Les messieurs, d'abord si réticents, changèrent facilement d'avis et approuvèrent tous les fonds nécessaires. Lorsque Brigitte utilise l'expression *pharmacologie du refus*, elle revoit le visage adouci de ces messieurs, tous hantés, dans une certaine mesure, par l'image d'un crâne dégarni.

Cette fois, Élizabeth ne peut pas passer beaucoup de temps avec son amie de Montréal. Elle sera comblée si seulement elle arrive à joindre Brigitte à son bureau avant de reprendre la route vers Moncton. Elle n'a rien de particulier à lui raconter. Il lui plairait simplement de se retrouver en sa présence pendant un moment, comme on peut aimer se retrouver dans un lieu connu, avec ses repères et les petites différences qu'il présente. Pour le reste, elle est prête à renouer avec sa propre vie, avec tout ce qu'elle a d'inaltérable et de flou, d'étranger aussi. Mais cette étrangeté ne vient pas du fait de sa vie à Moncton, parmi les Acadiens. Elle vient plutôt de tout ce qu'elle n'attend pas et qui se produit pourtant. Indépendamment d'elle, indépendamment de ce qu'elle comprend ou de ce à quoi elle aspire. Comme si la vie ne passait pas par l'intérieur, par son intérieur.

Élizabeth arrive souvent à ce point précis de l'existence où la suite des événements semble avoir le dessus sur leur contenu, leur signification. Elle ne connaît pas vraiment de façon de rompre ce fil. Même la mort n'a plus l'air d'être une issue certaine. Les gens meurent, mais la vie elle-même continue. Quoi qu'il en soit, Élizabeth ne cherche pas à échapper à cette marche ininterrompue de la vie. Elle aimerait seulement en saisir mieux le mécanisme, de sorte à pouvoir agir parfois sur le mystère. Malgré tout, elle est souvent contente de se tenir aux abords de la vie. Elle a même développé un certain talent pour le recul, la distance. Cela lui permet de voir la vie à grands traits, un peu comme les humains admirent, des siècles plus tard, les contours de quelque civilisation lointaine. Elle conçoit d'ailleurs sa capacité de recul comme de la nage sur place : ne pas trop prendre d'ampleur afin de ne pas avancer, mais bouger quand même assez pour éviter de caler. Elle est consciente que cette façon de vivre tient autant de l'art que de l'épreuve.

Mais Élizabeth est aussi consciente qu'à nager sur place

toute sa vie, elle pourrait ne jamais savoir si elle se trouve dans une piscine en regard d'un lac, par exemple, ou dans un lac en regard d'une mer, ou dans une mer en regard d'un océan, ou dans un océan en regard d'un cours d'eau plus grand encore. Cette impossibilité de connaître la dimension ultime des choses laissera toujours Élizabeth perplexe. Cela explique en partie sa nature plutôt calme. Son impression de vivre aux confins du monde y est aussi pour quelque chose. Parce que tôt ou tard la question du centre se présente, parce que tôt ou tard la question du centre se pose. Son silence est d'autant plus profond en ce moment qu'elle a réalisé, pour la première fois, tout à l'heure, en appuyant sur le bouton de l'ascenseur, qu'il n'existe probablement pas de centre du monde, qu'il n'existe probablement que la quête d'un centre.

En 1953, Garde Vautour pressentait déjà depuis un certain temps que chacun était libre de concevoir le centre du monde à sa façon. Elle-même avait en quelque sorte choisi l'Italie. Pour elle, rien n'arrivait à la cheville du sens dramatique des Italiens, surtout pas les romans à l'eau de rose, devenus *romans à l'eau rouge* en Allemagne communiste (romans où le protagoniste *aux yeux brillants comme les rivets de sa machine sentait son cœur battre comme le marteau du président à une réunion d'ouvriers*), et encore moins la transformation, en Chine, du rideau de fer en *rideau de bamboo*. Quant à l'Amérique du Sud, rien n'en ressortait vraiment sauf la chronique « Au Chili avec les Oblats » dont ne démordait pas *l'Évangéline*, chronique que Garde Vautour ne parvenait tout simplement pas à lire.

Parmi les événements de 1953 qui ravivèrent la prédisposition favorable de Garde Vautour à l'égard de l'Italie (sa mère disait encore *les Italies*), il y eut le fait que les États-Unis y nommèrent leur première femme ambassadrice, l'écrivaine Claire Booth Luce, épouse de l'éditeur Henri R. Luce. On rapportait que madame Booth Luce faisait bonne impression dans ce pays *où les femmes n'arrivent pas à s'imposer dans la vie publique*; Garde Vautour trouvait pourtant que les Italiennes faisaient leur part pour se montrer à la hauteur. Une députée à l'assemblée nationale alla même jusqu'à participer à une bagarre dans l'enceinte du parlement. *L'Évangéline* précisa qu'elle fut la première femme à être renversée sur le plancher de ce parlement. Par contre, le meilleur coup de poing avait été encaissé par un député néofasciste, le même homme qui avait volé le cadavre de Mussolini au cimetière de Milan, en 1946.

L'Évangéline avait justement parlé de la dépouille de Mussolini quelques mois avant cette fameuse bagarre, expliquant qu'elle avait finalement été *enlevée de son tombeau secret et inhumée dans le terrain familial dans le nord de l'Italie*. Le corps du Duce était gardé dans un endroit secret depuis le fameux enlèvement de 1946, faisant de ce tombeau *l'un des secrets les plus jalousement gardés de l'Italie*. Même si tout laissait maintenant croire que Benito Mussolini avait rejoint les autres membres de sa famille enterrés au cimetière de Paderno, à proximité de leur village natal de Predappio, en Italie du Nord, le gouvernement du pays affirmait n'en rien savoir. Venait s'ajouter à cet étrange silence, le fait que l'article en provenance de Rome était plus ou moins fondé sur des rumeurs. Une confusion entourait aussi le lieu précis d'ensevelissement de la dépouille, l'article parlant à la fois d'un terrain familial présumément au grand air et d'un tombeau sans inscription à l'intérieur d'une chapelle. Garde Vautour ne se formalisa pas de ces ambiguïtés typiques de l'excès, du constant débordement des Italiens. Elle se dit tout simplement que, rapatriée dans son village natal, la dépouille de Mussolini échapperait aux eaux torrentielles qui déferlaient depuis plusieurs jours des monts Appenins jusqu'au sud de la botte. Garde Vautour, qui avait du mal à se figurer l'Italie sous l'eau tellement elle concevait ce pays à la verticale, se demanda néanmoins si les inondations menaçaient l'oratoire de la Madone en pleurs, à Syracuse. Elle ne savait pas que la Sicile était séparée du reste de l'Italie par le détroit de Messine. Garde Vautour n'aurait pas aimé qu'un simple déferlement d'eau anéantisse tout le brouhaha que causait ce présumé miracle. Elle préférait de beaucoup imaginer les policiers en état d'alerte, obligés d'appeler des renforts pour maîtriser les foules de pèlerins venus contempler la statuette en terre cuite, *une des milliers de pièces sorties des fabriques de l'Italie centrale.*

L'Église n'avait d'ailleurs pas perdu de temps avant de déclencher le processus de reconnaissance d'un miracle dans ce cas. Cette vigilance n'influença pas l'opinion que se ferait Garde Vautour des larmes qui avaient supposément coulé de la statuette, mais elle eut le mérite d'encadrer le scénario du miracle, scénario qui avait tout pour maintenir l'intérêt de la garde-malade. Le miracle, qui consistait en la guérison de personnes *désespérément malades*, avait donc commencé après que la statuette fut suspendue *au-dessus du lit de la femme enceinte d'un communiste sicilien.* La femme rapporta avoir senti *des gouttes lui tomber sur le front, un soir qu'elle était au lit et qu'en regardant en haut elle vit des larmes couler le long des joues en argile peintes à la main de la madone. Les pleurs se continuèrent durant quatre jours, du 29 août au 1er septembre. Des pèlerins et des malades se rendirent sur les lieux en nombre grandissant à mesure que la nouvelle se répandit. La statuette fut placée dans une niche temporaire sous la fenêtre de la maison habitée par la femme en question et fut plus tard déménagée dans une niche plus grande sur la place principale de la ville.* Au cours des semaines, *les témoignages assermentés furent scrutés à un grand nombre de réunions à Rome et à Palerme, capitale de la Sicile.* Finalement, à la mi-décembre, *après une réunion finale des évêques de la Sicile… l'archevêque de Palerme annonça que l'Église avait reconnu le caractère « surnaturel » des larmes*, des épreuves chimiques ayant démontré que *les larmes étaient réelles.* Fait à noter, la femme du communiste sicilien accoucha du petit Mariano Natale le Noël suivant.

i comme dans Italie, ou le sommeil paradoxal.

Chapitre V
Bavardages et compositions I

Les assises d'un roman – Vague d'enlèvements, cercueils à la traîne et brume mortelle – Une querelle de 900 ans – Naissances multiples et gageure des Melanson – Pénurie de garde-malades et décès d'une infirmière – Les journalistes et les prix Nobel – L'érotisme sublimé par l'invention – Coutume française en ce qui regarde les chevaux d'attelage – Coutume norvégienne en ce qui regarde le prix Nobel de la paix – Poudre à pâte à double action Acadia – Le cardinal Feltin et les barrières de l'enclos – Théorie corpusculaire de la lumière et autres métabolismes – Les Acadiens et l'accent de Fernandel – Aucun mépris de la littérature – L'interminable risque du corps

Il n'est pas facile de discerner de quelle façon les mois, les semaines, les jours voire les heures qui précédèrent la naissance de Bébé M. imprégnèrent le corps psychologique de l'enfant. Cela reviendrait à identifier une sorte de poussée première alors que la vie, elle, se complaît dans une continuité qui n'appelle rien de plus qu'un bâillement. Seul un romancier, à qui l'on pardonne plus facilement la folie, s'aventurerait à conjecturer en la matière. Car la folie est relativement nécessaire à celui ou celle qui s'embarque dans cette longue entreprise d'assimilation et de transformation, tout à fait péristaltique, au cours de laquelle il faut passer par tous les états de la matière, au nom d'une chose plus grande qui, elle, vit. Car un romancier ne vit pas, il broie. Il démonte la vie, s'excite à la vue de ses innombrables composantes, puis passe des nuits blanches à se demander comment il va faire pour redonner souffle à cette matière inerte. Advenant qu'il trouve une façon de remettre tout cela en marche, il s'inquiète de savoir si le mécanisme tournera à vide ou s'il trouvera application. Cela revient à dire que, oui, le romancier s'interroge sur la valeur de sa contribution à l'humanité. Il ne sera bien sûr jamais le seul à se questionner mais, au moins, il sera toujours le premier. Là réside son principal privilège, étant donné la relative impuissance du romancier à faire dévier le cours de son histoire. À ce chapitre, flair et persévérance lui seront d'une plus grande aide qu'un regard trop rationnel. Car le romancier est un chercheur. Il a beau avoir un certain sens de ce qu'il cherche, il ne peut pas prédire ce qu'il va trouver. Rien n'est garanti. Tous ceux qui errent dans ces domaines incertains sont conscients du terrain glissant sur lequel ils avancent. Ce livre, par exemple, qui commence à la fois avec la naissance de Bébé M. en 1953 et avec la présence d'Élizabeth, aujourd'hui, dans le bureau de son amie Brigitte à Montréal.

Le moins qu'on puisse dire de la naissance de Bébé M., c'est que, d'un strict point de vue environnemental, le contexte était loin d'être rassurant. Deux jours avant la rupture de la poche des eaux, *l'Évangéline* faisait état d'une vague d'enlèvements d'enfants aux États-Unis, vague qu'on craignait de voir s'étendre au Canada. Le lendemain, le journal rappelait le triste sort d'autres enfants qui, au cours de l'année, avaient trouvé la mort en s'enfermant malgré eux dans des glacières délaissées. Ces morts tragiques avaient déclenché une sorte de mouvement de recyclage de glacières, histoire d'inciter les gens à ne pas laisser à l'abandon ces éventuels cercueils d'enfant. Le jour même de la naissance de Bébé M., une brume jaune grisâtre recouvrait l'Angleterre. Ce brouillard risquait de devenir mortel dans la capitale, car si de nombreux Londoniens s'étaient procuré des masques protecteurs, peu osaient les porter dans la rue. Le même jour, les Russes avaient ouvert le tombeau de Staline pour la première fois depuis son décès. Les milliers de fonctionnaires et d'ouvriers à l'honneur qui défilèrent devant la dépouille préservée reconnurent *le Staline d'antan, mais il avait l'air beaucoup plus jeune qu'un homme de 73 ans.* Malgré l'air *chaud et immobile* de la crypte, ce vent de rajeunissement souffla jusqu'en Europe. En effet, le lendemain de la naissance de Bébé M., *l'Évangéline* annonçait que l'Angleterre et la France avaient mis fin à leur querelle de 900 ans concernant les îles Minquiers, deux petites îles de la Manche, riches en homards et en huîtres.

Trois autres bébés, trois garçons – un Cormier, un LeBlanc et un Thibodeau –, naquirent le même jour que Bébé M. à l'Hôtel-Dieu l'Assomption de Moncton. Quatre bébés, trois filles et un garçon, avaient aussi vu le jour dans les hôpitaux de Moncton le jour du couronnement, deux au Moncton City Hospital et deux à l'Hôtel-Dieu. Ces quatre derniers bébés eurent droit à la cuillère d'argent commémorant l'élévation au trône d'Elizabeth II. Ces huit nouveau-nés comptaient parmi les 417 884 naissances enregistrées au Canada en 1953, au grand bonheur de l'industrie des aliments pour bébés, qui demeurerait prospère. D'autres naissances acadiennes se firent aussi remarquer en 1953. Un couple Melanson, originaire de Bathurst mais vivant à Santa Monica, en Californie, remporta un pari hors du commun engagé avec la célèbre compagnie d'assurances Lloyds de Londres. *L'Évangéline* rapporta que peu de temps après avoir appris que sa femme était enceinte, Grégoire Melanson gagea avec la Lloyds que son épouse mettrait plus d'un enfant au monde. Cette police d'assurance contre les naissances multiples coûta 200 dollars à monsieur Melanson, mais elle engageait la Lloyds à débourser 5000 dollars pour chaque enfant né après le premier. Comme le soulignait le texte de *l'Évangéline* qui accompagnait la photo des triplés Melanson dans les bras de l'infirmière californienne Mary Leopardi, les deux filles et le garçon valaient leur pesant d'or.

Au Canada, cet arrivage de bébés, tous aussi mignons les uns que les autres, ne fit rien pour soulager les hôpitaux qui, eux, faisaient face à une pénurie d'infirmières. Selon le président de l'Association médicale canadienne, le docteur Charles Burns, cette situation était la faute des médecins, des lignes aériennes et des hôpitaux militaires : les médecins parce qu'ils embauchaient des infirmières pour faire du travail de bureau, les lignes aériennes parce qu'elles recrutaient des infirmières comme hôtesses, et les hôpitaux militaires parce qu'ils ne payaient pas leur part du coût de formation des garde-malades. L'Hôtel-Dieu l'Assomption n'était pas à l'abri de ce problème. En août 1953, l'hôpital lança un appel aux infirmières diplômées et aux auxiliaires qui s'accordaient *un repos prolongé*, les incitant à faire leur part pour l'*humanité souffrante*. Il était entendu que celles qui répondraient à l'appel seraient justement rémunérées, car ce n'était pas l'argent qui manquait mais bel et bien des garde-malades dûment formées. Dans ce contexte, le décès d'une garde-malade ne passait pas inaperçu. Et à plus forte raison lorsqu'il s'agissait d'un pilier comme garde Florence Breau, longtemps surintendante des garde-malades du Moncton Hospital. Le personnel de cet hôpital venait tout juste d'emménager dans un nouvel immeuble et, chose triste à dire, garde Breau fut la première malade à y être admise. En annonçant le décès de mademoiselle Breau, l'administrateur de l'hôpital, le docteur Porter, déclara qu'*aucun successeur, peu importe son habilité et sa bonté, ne pourrait jamais obscurcir la mémoire de Mlle Breau, pour ceux qui avaient eu le privilège de travailler avec elle ou sous ses ordres*. Florence Breau avait étudié à l'école supérieure Aberdeen de Moncton, puis au couvent Villa Maria de Montréal. Elle avait obtenu sa formation de garde-malade à l'école d'enseignement infirmier de l'hôpital qui avait tant apprécié ses services.

Les journalistes ne sont pas infaillibles. Si Lester B. Pearson leur reprochait leur talent d'anticipation, d'autres déploraient leur manque d'exactitude. Ces manquements journalistiques existaient aussi à *l'Évangéline*, bien sûr. Par exemple, il se pourrait que les triplés Melanson n'aient en fait rapporté que 5000 dollars, au lieu de 10 000, à leurs parents. Deux articles se contredisaient à ce sujet. Tout de même, ce genre d'erreur journalistique a parfois provoqué des événements heureux dans le monde. La création des prix Nobel, par exemple. Lorsque mourut à Cannes, en 1888, Ludvig Nobel, frère du célèbre industriel et chimiste suédois Alfred Nobel, un journal parisien, croyant que c'était Alfred Nobel lui-même qui venait de trépasser, publia en gros titre *Le marchand de la mort est mort*. Bien qu'il eût fait fortune dans le domaine des explosifs et des armes (il mit au point la dynamite puis la dynamite-gomme, plus sécuritaires à la manutention que la nitroglycérine à l'état pur), Alfred Nobel, un inventeur avant tout, fut probablement ébranlé par cette manchette qui trahissait le souvenir que l'on garderait de lui. Car il avait fait bien plus que perfectionner des explosifs. L'historien et homme de science suédois Wilhelm Odelberg nous apprend qu'il détenait pas moins de 355 brevets d'invention dans différents pays, notamment pour la soie et le cuir artificiels et pour la guttapercha, un isolant dans le domaine de l'électricité. Il entretenait aussi une correspondance de longue date avec la romancière autrichienne Bertha von Suttner, une ardente pacifiste. Alfred Nobel rédigea donc, une année avant sa mort, le célèbre testament qui étonna tant ses proches, ses collègues et le public suédois en général. En destinant l'ensemble de sa fortune à ceux et celles dont le génie servirait le mieux l'humanité, Alfred Nobel signait sa dernière invention.

Cinq ans s'écoulèrent entre la lecture du testament d'Alfred Nobel et la remise des premiers prix Nobel, en 1901. Il fallut tout ce temps pour mettre en place la structure d'attribution des prix et d'administration de la fortune, car Alfred Nobel n'avait parlé à personne de ses intentions. Il avait même rédigé seul son testament, afin de ne pas avoir à traiter avec des avocats et risquer d'être déçu encore une fois. Il faut dire aussi qu'à la fin de sa vie, le phonographe, le téléphone et diverses espèces de projectiles préoccupaient davantage Alfred Nobel que l'aspect administratif de l'institution qu'il créerait. C'est dire que l'homme, un célibataire qui se tenait à l'écart de la vie mondaine et qui vivait très simplement compte tenu de ses moyens, demeura inventif jusqu'à la fin de sa vie. On ne lui connaît aucune relation amoureuse digne de ce nom, ce qui laisse croire que même sa vie émotive fut sublimée par ses inventions. Pour Alfred Nobel, qui n'était pourtant pas romancier, une journée qui passait sans que de nouvelles idées prennent forme était une journée perdue. Infatigable, il maîtrisait cinq langues et, politiquement, il penchait vers la social-démocratie. Né à Stockholm en 1833, il avait grandi en Russie, à Saint-Pétersbourg, et vécu une bonne partie de sa vie à Paris. Il mourut en Italie, à San Remo, en 1896. Sa longue période de résidence en France posa d'ailleurs des problèmes au moment de régler sa succession, l'État français ayant insisté pour dire que la fortune de monsieur Nobel était légalement sise en France. La question fut tranchée quand il fut clairement établi qu'Alfred Nobel avait transféré dans sa Suède natale son attelage de chevaux russes Orloff, cadeau de son frère Ludvig (les trois frères Nobel, baptisés *les Rockefeller d'Europe*, s'étaient enrichis notamment en exploitant les gisements de pétrole de Baku, sur la mer Caspienne). Selon la coutume française, l'inventaire des biens d'une personne devait se faire à partir de la propriété où se trouvaient ses chevaux d'attelage.

Aussi sommaire que parut son testament, les intentions d'Alfred Nobel étaient claires : récompenser chaque année une personne ayant fait une découverte ou ayant réalisé une invention importante en physique, en chimie et en médecine et physiologie. Un quatrième prix récompenserait l'auteur d'une œuvre littéraire *à tendance idéaliste* et un cinquième prix viendrait couronner les efforts de la personne qui aurait fait le plus pour favoriser la bonne entente entre les nations, pour abolir ou réduire les effectifs militaires ou pour rassembler les gens autour du thème de la paix. (Le prix d'économie politique est un prix à la mémoire d'Alfred Nobel. Il fut créé par la banque suédoise Riksbank en 1968, à l'occasion de son tricentenaire.) Le testament du grand inventeur précisait que l'Académie suédoise des sciences attribuerait les prix de physique et de chimie, l'Institut Karolinska de Stockholm, celui de médecine et physiologie, et l'Académie suédoise des lettres, le prix de littérature. Le prix Nobel de la paix devait être décerné par le parlement norvégien, le Storting. La Suède et la Norvège étaient unies politiquement au moment où Alfred Nobel rédigea son testament, mais la dissolution de cette union, en 1905, ne priva jamais le Storting du rôle que lui avait assigné monsieur Nobel.

Comme la Scandinavie de l'époque d'Alfred Nobel, la région de Moncton et l'Acadie en général eurent peu de choses pour attirer sur elles l'attention du monde pendant la première moitié de l'année 1953. À Moncton, l'année commença sur une note pragmatique avec la hausse du coût des billets d'autobus. Le billet adulte passa de 7 à 10 cents, mais on pouvait économiser en achetant 3 billets pour 25 cents. Les enfants payeraient dorénavant 5 cents le passage, mais 6 billets pour enfant ne coûteraient que 25 cents. Jusque-là, on en obtenait 10 pour le même prix. Ces nouveaux tarifs entrèrent en vigueur le mercredi 14 janvier, lendemain de la diffusion, aux *Concerts du mardi* de Radio-Canada, du Concerto n° 2 de Darius Milhaud, composé pour le violoniste Arthur LeBlanc, et interprété, en première canadienne, par l'Acadien lui-même et l'Orchestre des concerts symphoniques de Montréal. Pendant la première moitié de 1953, le violoniste Arthur LeBlanc, les soldats acadiens en Corée et les triplés Melanson correspondaient en gros à ce que l'Acadie avait de plus international à offrir. Quant aux collégiens de Saint-Joseph qui passèrent l'hiver à monter *Le bourgeois gentilhomme*, ils finirent par se rendre à l'autre bout du pays, à Victoria, pour participer au Festival dramatique du Canada. Ils y remportèrent un honneur, mais pas la première place.

La vie en Acadie était donc tranquille comparativement aux rebondissements qui dominaient la scène internationale. Lorsque ces événements devenaient trop lourds à démêler, il y avait au moins les faits divers pour parler des horizons lointains de façon plus humaine. Deux, en particulier, captivèrent l'imagination de la mère de Bébé M. À Toronto, un père de famille avait offert ses yeux en échange d'un foyer pour sa femme et ses six enfants qui vivaient dans un garage. L'homme trouva acheteur, mais l'aveugle, *qui savait ce que c'était que d'être aveugle*, ne réclama qu'un œil au malheureux père convaincu *que la cécité était préférable à la misère*. L'autre fait divers concernait un chauffeur de taxi de Londres qui n'aimait pas les étrangers et qui fut condamné à payer une amende de 11 dollars *pour avoir refusé d'accepter un sultan arabe comme passager*. L'homme abandonna le taxi après avoir appris que le sultan en question donnait souvent des pourboires de 140 dollars.

La mère de Bébé M. aimait que le journal traite de la vie sous toutes ses facettes et que le plus ordinaire, comme les annonces de produits Barbour, côtoie le plus extraordinaire. Il faut dire que Barbour répondait à peu près à l'universel avec son beurre d'arachide stabilisé, sa moutarde préparée, ses desserts en gelée en six saveurs et sa poudre à pâte à double action Acadia. Parmi les autres annonces publicitaires qui ponctuaient les rêveries des ménagères en panne d'énergie, Cream of the West et Five Roses se disputaient les farines, Domestic y allait de son saindoux, Kraft de sa margarine Parkay, Magic de sa poudre à pâte et Fleischman de sa levure. Quant aux Chase & Sanborn, Nescafé, Salada et King Cole, ils offraient tous le meilleur thé ou café. Néanmoins, en ce qui a trait aux breuvages, personne d'autre que le distributeur H. F. Tennant de la rue Church ne mit autant de génie à marier les vertus de son produit aux circonstances de la vie. Il fit d'abord valoir que le Coke, vendu 7 cents la bouteille, taxe comprise, ou 36 cents le carton de 6, était *de plus en plus adapté aux repas... tout de suite après les soupes, les viandes et les desserts*, rendant *vraiment* les bons aliments meilleurs. Son produit accédait ensuite à un niveau supérieur de perfection aux occasions spéciales, à Pâques, par exemple, quand le Coke accompagnait merveilleusement le jambon au four. Au rythme d'une annonce publicitaire aux deux semaines, il devint possible de s'instruire tant sur les bienfaits de ce breuvage ayant *la réputation mondiale de rafraîchir vite* que sur les moments difficiles de la vie où, vraiment, il n'y avait rien d'autre à faire que boire un Coke. Que *le volant commence à résister*, que *le temps passé aux emplettes se prolonge* ou que *la chaleur accable*, tout invitait à boire un Coke. En général, le Coke était indiqué quand il y avait perte d'identité quelconque et qu'il était nécessaire de redevenir soi-même (*tout travail demande une pause pour un Coke*). Les annonces de la Canada Dry (*le favori de tous!*) ne faisaient pas le poids à côté des publicités clairvoyantes de H. F. Tennant, tandis que celles de la Sussex Ginger Ale, de fabrication locale, se résumaient à redemander les bouteilles vides afin d'assurer une production continue.

✣

L'Évangéline fit aussi sa part, en 1953, pour mettre les gens en garde contre une nouvelle force sournoise, tout aussi menaçante que le communisme et la bombe atomique. Le cinéma, de par sa capacité formidable à influencer les masses, ne laissait aucune autorité indifférente, y compris l'Église, pour qui le cinéma, avec la presse et la radio, avait *renversé les barrières dans l'enclos desquelles les hommes pouvaient penser conformément à leurs croyances ancestrales et leur mentalité nationale*. Ce langage, avec ses références à des réalités familières comme les barrières d'un enclos, les ancêtres et le nationalisme, fit vibrer la corde sensible acadienne. Plusieurs lurent donc la série d'articles d'inspiration religieuse sur l'irrésistible pouvoir du septième art. Probablement parce que l'Église désirait elle aussi utiliser ce moyen de communication à ses fins, elle se garda de condamner le cinéma tout court et s'employa plutôt à mettre les gens en garde contre son côté pernicieux. Selon l'Église, en permettant au spectateur de vivre *des émotions généralement interdites ou refusées*, le cinéma finissait par créer un malaise intérieur dont il n'était pas facile de se remettre. Une campagne d'assainissement et de conscientisation visa donc à éduquer les catholiques en les exhortant à tenir compte des cotes morales et à s'abstenir de voir les films déconseillés. L'Église déplorait qu'un trop grand nombre de catholiques jugent les cotes morales des films utiles pour les autres, mais pas pour eux. Par conséquent, beaucoup trop de catholiques s'aventuraient dans les salles où l'on montrait un film proscrit.

Ces propos laissaient planer une ombre dans l'esprit de personnes généralement catholiques comme Garde Vautour et la mère de Bébé M., qui justement se considéraient assez mûres dans leur jugement. Toutefois, même ces personnes n'arrivaient pas toujours à écarter du revers de la main les insinuations de l'Église au sujet de la faiblesse humaine. Car les autorités religieuses mettaient les fidèles en garde contre le véritable dénouement du cinéma, celui qui se joue une fois les lumières allumées à la fin de la représentation, lorsque le spectateur doit quitter le monde du rêve et revenir à sa propre vie, sa propre réalité. Bref, l'Église ne croyait pas l'homme moyen assez fort pour revenir au bercail après quelques heures d'identification au brave héros du film, embrassant *la belle vedette dont la séduction dépassait quelquefois grandement l'attrait de l'épouse assise au fauteuil voisin.* D'autre part, sous une apparence de distraction, le film avait pu mettre les nerfs du spectateur à rude épreuve et, par conséquent, troubler sa tranquillité d'esprit pendant plusieurs jours. D'autres films, en donnant la recette d'un bonheur sentimental en marge de la morale ou fondé sur des valeurs matérielles, obligeraient les spectateurs à *lutter contre eux-mêmes pour vivre chrétiennement.* En somme, le cinéma pouvait être un piège dangereux et, toujours selon l'Église, rares étaient les personnes qui échapperaient à son emprise. Les mises en garde répétées reprenaient souvent les mots du cardinal Feltin, archevêque de Paris, qui prophétisait que l'être humain ne pouvait pas *impunément* s'élargir la conscience.

Moncton comptait quatre salles de cinéma en janvier 1953: l'Empress, le Capitol, l'Imperial et le Paramount. Au total, on y passait une bonne douzaine de films par semaine. Il y avait aussi des salles à Shédiac (le Capitol), à Bouctouche (le Roxy) et à Richibouctou (le Pine). Bien sûr, la quasi-totalité des films provenaient des États-Unis et étaient présentés en anglais. *L'Évangéline* publiait tous les jours la liste des films qui passaient dans ces salles. Cette liste incluait parfois les trois salles de Bathurst (le Capitol, le Kent et The Pines), les trois salles d'Edmundston (le Capitol, le Star et le Martin), le théâtre Acadia de Saint-Léonard et le Montcalm de Saint-Quentin. La liste du lundi était la plus longue puisqu'elle donnait l'éventail des représentations jusqu'au samedi suivant, les salles étant fermées le dimanche. Chaque film était coté de un à quatre, la cote un correspondant à un film pour tous, la cote deux à un film pour adultes sérieusement formés, la cote trois aux films condamnés en partie et la cote quatre à un film totalement condamné. Dans l'ensemble, il y avait équilibre dans la proportion des films cotés de un à trois. Les meilleurs films américains du début des années 50 sont loin d'avoir tous été montrés à Moncton, mais plusieurs ont fini par être projetés dans l'une ou l'autre des salles de la ville.

Pour répondre au goût du public acadien de la région de Moncton, les dirigeants du théâtre Empress avaient accepté de projeter des films français une fois par semaine. La série *Rideau à 8 h 40* débuta le mercredi 28 janvier avec FANDANGO, mettant en vedette l'incomparable Luis Mariano, que les Franco-Monctoniens avaient déjà applaudi dans ANDALOUSIE, montré dans la même salle l'automne précédent. Parce que le film n'était présenté qu'une fois dans la soirée, la sortie prenait un certain chic. NOUS IRONS À PARIS, avec Ray Ventura et son orchestre, Françoise Arnoul, Philippe Lemaire et Pasquali, fut présenté la semaine suivante. Lors de ces deux premières représentations, il en coûta 75 cents pour un fauteuil d'orchestre et 65 cents pour une place au balcon. L'entrée passa à 60 et 50 cents aux séances suivantes, quand on présenta LA VOYAGEUSE INATTENDUE, avec Georges Marchal et Dany Robin, LE SORCIER DU CIEL (histoire du saint curé d'Ars, c'est-à-dire *la lutte du démon contre un saint*), avec Georges Rollin, L'HÉROÏQUE MONSIEUR BONIFACE, avec Fernandel et Liliane Bert, AU ROYAUME DES CIEUX, avec Suzanne Cloutier, et JE N'AIME QUE TOI, avec Luis Mariano et Martine Carol. Certains de ces films furent également projetés au Roxy de Bouctouche et au Pine de Richibouctou, qui ajoutèrent à leur programme MA POMME (Maurice Chevalier), LA RÉVOLTÉE (Victor Francen) et DEUX AMOURS (Tino Rossi). Dans ces salles du comté de Kent, la représentation débutait à 8 h 30, soit 10 minutes plus tôt qu'à Moncton. Aussi, le film qui était montré au Roxy le mardi passait au Pine le jeudi. À en juger par la rubrique cinéma de *l'Évangéline*, le Capitol de Shédiac ne participa pas à cet effort de présentation de films en français. Cependant, on y montra en juin PETITE AURORE, L'ENFANT MARTYRE, puis en décembre DEMAIN IL SERA TROP TARD, de Vittorio de Sica, dont la version anglaise avait été projetée à l'Imperial de Moncton au début de l'année. Enfin, vers la fin de l'année, le Roxy de Bouctouche prit aussi l'initiative de montrer PROCÈS AU VATICAN, un film sans risque sur la vie de sainte Thérèse, avec reconstitution et cérémonies du Carmel.

Aussi louable fût-elle, la présentation de films en français à Moncton posait certains problèmes. En tant que scripteur engagé, le père de Bébé M. avait fait état de ces problèmes dans un de ses éditoriaux. Il disait en somme que les exploitants des salles commerciales ne devaient pas s'attendre à ce qu'on se prosterne devant eux parce qu'ils avaient bien voulu passer un film en français dont la copie était tellement mauvaise qu'il était pratiquement impossible d'en suivre le dialogue. L'oreille acadienne n'étant pas d'avance très bien formée aux accents d'un Fernandel, par exemple, s'il fallait de surcroît composer avec du sonore sautillant, l'avenir du cinéma en français à Moncton était voué à une mort qu'aucun régime publicitaire ne ressusciterait. *L'Évangéline* trouvait méritoire de présenter des films en français à Moncton, mais pas au prix de copies égratignées dont la langue était méconnaissable. Pareille médiocrité risquait de fatiguer davantage l'esprit de sacrifice des Acadiens, déjà éprouvé par la persistance loyaliste et par les tentacules du rêve américain, et de les détourner une fois pour toutes d'une culture française dont ils ne se souviendraient, somme toute, qu'elle était indéchiffrable.

⁜

La critique, quel que soit son objet, a toujours plus de chances d'être acceptée si l'on sent qu'elle vise juste. C'est d'ailleurs pourquoi elle s'exerce généralement en connaissance de cause. C'est aussi ce qui explique que le choix des lauréats des prix Nobel de littérature et de la paix sont bien plus souvent contestés que les choix des lauréats des domaines scientifiques. Car toute personne sachant lire peut avoir une opinion sur une œuvre littéraire, et n'importe quel citoyen le moindrement informé peut se sentir apte à juger une personnalité internationale. Par contre, les décisions des jurys Nobel en chimie, en physique et en médecine et physiologie sont plus facilement acceptées car peu de gens s'estiment capables de discerner un mauvais choix. Il se peut aussi que le public soit plus indulgent à l'endroit des scientifiques parce que ceux-ci donnent l'impression de travailler vraiment, comparativement aux écrivains, qui ont souvent l'air de se la couler douce, et à ces princes de la paix qui semblent avoir le faste aussi facile que le voyage. D'ailleurs, le statut des personnalités œuvrant pour la paix s'embrouilla autour de 1953.

Winston Churchill, dernier historien à recevoir le prix Nobel de littérature, fut donc accompagné dans l'honneur, en 1953, par le général George Catlett Marshall, premier militaire à recevoir le prix Nobel de la paix. Le général Marshall était cité pour avoir mis au point le plan d'aide américain à la reconstruction de l'Europe après la Seconde Guerre. L'année précédente, le prix Nobel de la paix avait été accordé au musicien et musicologue, théologien, philosophe et médecin missionnaire français

Albert Schweitzer. Par contre, en 1954, personne ne parut mériter ce prix, pas plus qu'en 1955 et en 1956 d'ailleurs. Il fallut attendre 1957 avant de voir une tête pacifiste rassurante s'élever au-dessus de la mêlée, celle du Canadien Lester B. Pearson, qui se consacrait aux relations internationales depuis une quarantaine d'années. C'est en grande partie grâce à son talent que le Canada acquit sa réputation de pays capable de contribuer activement au rétablissement d'une paix mondiale durable. Les efforts et les qualités de Lester B. Pearson, un homme aimable, optimiste et vif d'esprit, avaient notamment aidé à résoudre la crise du Canal de Suez, en 1956, conflit qui risquait de provoquer un affrontement entre l'Union soviétique et les États-Unis.

Mais, on s'en doute, la complexité du rapport au monde de Bébé M. ne se limitait pas à la littérature et à la paix. Toutes les sciences furent mises à contribution. Tant le prix Nobel de chimie décerné en 1953 à l'Allemand Hermann Staudinger, pour ses travaux en chimie macromoléculaire, que celui décerné aux Britanniques Archer John Porter Martin et Richard Laurence Millington Synge, en 1952, pour la mise au point de la séparation chromatographique, récompensaient des efforts susceptibles de réorienter la vie, ou la maladie, de Bébé M. À eux seuls, les inventeurs de la chromatographie de partage sur papier, procédé qui permettait l'analyse de substances en quantités très faibles, firent grandement progresser la connaissance des acides aminés, constituants essentiels de la matière vivante. En 1954, le prix Nobel de chimie fut décerné à l'Américain Linus Carl Pauling, pionnier de l'étude des liaisons chimiques et de la structure des molécules. Partant de la mécanique quantique, monsieur

Pauling s'était aventuré jusque dans la structure des cristaux, la théorie de la résonance, la structure des protéines, les anticorps, les maladies héréditaires, l'anesthésie et la thérapie à la vitamine C. Il reçut aussi, en 1962, le prix Nobel de la paix pour ses écrits et ses conférences sur le danger des retombées radioactives.

Quant au prix Nobel de physique, il fut décerné, en 1953, au Néerlandais Frederik Zernike, qui développa la technique de l'observation en contraste de phase. Ce développement de la microscopie influencerait peut-être lui aussi le cours de la vie de Bébé M., puisque l'on pourrait dorénavant voir des bactéries et des cellules qui avaient, jusque-là, échappé à l'observation. L'année précédente, le prix Nobel de physique avait été décerné à Félix Bloch, un Américain d'origine suisse, ainsi qu'à l'Américain Edward Mills Purcell, pour leurs travaux en magnétisme nucléaire. En 1954, il fut décerné à Max Born, un Anglais d'origine allemande, pour son interprétation statistique de la théorie des quanta. La même année, l'Académie suédoise des sciences récompensa aussi l'Allemand Walther Wilhelm Bothe, inventeur de la technique des coïncidences dans l'utilisation du compteur de Geiger. Ses travaux eurent un impact important sur la théorie corpusculaire de la lumière et sur les produits de la fission nucléaire.

Pour ce qui est du prix Nobel de médecine et physiologie, il fut décerné en 1953 à Hans Adolf Krebs, un Allemand devenu citoyen britannique, et à Fritz Albert Lipmann, un Américain d'origine allemande, pour leur étude du métabolisme. Krebs fut cité pour la découverte du cycle de l'acide citrique (le cycle de Krebs) qui mettait en évidence l'oxydation de l'acide pyruvique en dioxyde de carbone et en eau, mais il s'était aussi penché sur d'autres voies métaboliques, particulièrement celles reliées à l'énergie (une question d'intérêt majeur à l'époque), ainsi que le cycle de l'ornithine dans la biosynthèse de l'urée par le foie et le cycle du glyoxylate dans le métabolisme des lipides. Lipmann fut quant à lui récompensé pour la découverte du coenzyme A et de son importance dans le métabolisme intermédiaire. Il se consacra surtout à classifier les phosphates producteurs d'énergie, mais ses recherches l'amenèrent aussi à travailler avec la glande thyroïde, les fibroblastes et l'effet Pasteur, la glycolyse dans le métabolisme des cellules embryonnaires et le mécanisme de la synthèse des peptides et des protéines. En 1952, le prix Nobel de médecine et physiologie avait été décerné à Selman Abraham Waksman, un Américain d'origine russe, pour ses travaux sur les antibiotiques et la découverte de la streptomycine, premier antibiotique efficace contre la tuberculose. Ses autres recherches portèrent surtout sur la microbiologie des sols et des mers. En 1954, les Américains John Franklin Enders, Frederick Chapman Robbins et Thomas Huckle Weller partagèrent le prix Nobel de médecine et physiologie pour avoir découvert que le virus de la poliomyélite pouvait être cultivé dans différents types de tissus. Leurs travaux menèrent à la mise au point d'un vaccin contre le virus mortel de la tuberculose.

Même si, à l'origine, Alfred Nobel destinait ses prix aux réalisations les plus extraordinaires de l'année, ceux qui finirent par les adjuger se rendirent compte qu'il était difficile, sans le recul du temps, de mesurer la véritable portée d'une œuvre ou d'une découverte. Cette difficulté était particulièrement grande dans les domaines scientifiques, où il était essentiel de vérifier l'application d'une nouvelle théorie. Ainsi, par exemple, les scientifiques nobélisés en 1953 le furent pour des recherches dont les résultats avaient été publiés depuis un certain nombre d'années déjà. Dans le même sens, deux Britanniques et un Américain qui publièrent en 1953 le résultat de leurs travaux sur l'hérédité, ne furent récompensés du prix Nobel de médecine et physiologie qu'en 1962. Francis Harry Compton Crick, Maurice Hugh Frederick Wilkins et James Dewey Watson avaient découvert la structure à double hélice de la molécule d'acide désoxyribonucléique des chromosomes (ADN) et de son processus de duplication lors de la mitose. Cette découverte permit de comprendre le rôle crucial de l'ADN comme transmetteur d'information dans la matière vivante. Ils identifièrent les deux fonctions essentielles de l'ADN, celle de *transmettre* le code des cellules parentales à la descendance et, en même temps, celle d'*exprimer* ce code en dirigeant la synthèse des protéines.

N'entretenant aucun mépris de la littérature, le pédiatre monctonien qui soigna Bébé M. au meilleur de ses connaissances réussit en fin de compte à extraire l'enfant des griffes de la mort. Il s'était inspiré, entre autres, d'un livre qui venait de paraître aux États-Unis sur la maladie cœliaque. Ce livre contenait des photographies de bébés cœliaques au stade critique de l'affection (fesses et cuisses rabougries, yeux vitreux et moroses), puis des photographies de ces mêmes enfants parvenus à l'âge adulte. Ces adultes avaient une allure assez normale, moyennant un peu d'embonpoint. Le médecin montra ces photographies à la mère de Bébé M., qui y puisa un peu d'espoir. Le même livre laissait aussi croire que la guérison de Bébé M. était tout à fait probable, car la maladie avait été décelée à temps. Néanmoins, Bébé M. ne réagissait pas au traitement comme on aurait pu s'y attendre. Elle mettait en effet plus de temps que prévu à prendre des forces et à gérer son incontinence. Finalement, au bout d'une douzaine de jours de soins fort étudiés, et ne sachant pas trop que faire d'autre, le médecin se rendit chez les parents de Bébé M. pour les informer de la situation. Il leur expliqua que c'était une affaire de jours. Si Bébé M. ne se mettait pas à réagir positivement au traitement, on pouvait s'attendre au pire. La gorge du scripteur engagé se dessécha et le visage de son épouse reine et martyre perdit toute couleur.

En fin de compte, Bébé M. survécut à la maladie cœliaque. La clairvoyance du pédiatre monctonien y fut sans doute pour beaucoup, mais il est possible que son calme devant les ravages possibles du *Degré zéro de l'écriture* y fut pour plus encore. Cette imperturbabilité à elle seule lui aurait valu le prix Nobel de médecine. Mais le médecin ne s'attendait bien sûr à aucune mention et n'imagina même jamais un quelconque retour littéraire des choses. Il était trop occupé à sauver la vie première pour penser à la deuxième, celle qui se retourne sur elle-même pour se lancer encore plus vers l'avant. Les revues scientifiques et médicales s'empilaient sur son bureau, ensevelissant la structure à double hélice de l'ADN dans le fouillis. Il ne pensa donc pas que Bébé M. vivrait doublement, et qu'à travers elle, lui aussi. Comme Alfred Nobel à travers ses prix. Comme Garde Vautour à travers le beau Gregory Peck. Comme la mère de Bébé M. à travers le regard ébahi de ses enfants devant les langues de vêtements sortant des rouleaux compresseurs de sa nouvelle machine à laver. Comme le père de Bébé M. devant le miracle quotidien du journal *l'Évangéline*. Comme Brigitte traversée de la force de son revers. Comme Élizabeth flottant dans le liquide amniotique de l'amour. Comme Claude dans l'interminable risque du corps.

Chapitre VI
Bavardages et compositions II

Une incontournable droiture intérieure – Évêque de Besançon bien malgré lui – Parallèle monctonien entre le couronnement d'Elizabeth II et le naufrage du Titanic – Willie Lamothe et son Rodéo musical à Dieppe – Soleil levant sur l'Acadie – Un film à l'Index – La transformation de Christine Jorgensen – Où l'âme et le corps ne font qu'un – Notion de vierge professionnelle et coïncidences mariales en Acadie – Encore une fois le *Te Deum* – Garde Vautour et le dernier train de la saison pour Pointe-du-Chêne

Claude. En 1953, Claude était âgé de trois ans. Il vivait en France et ne connaissait rien ni de l'Acadie ni de Montréal. Il avait sans doute entendu parler des juifs. Il avait peut-être entendu parler du *Degré zéro de l'écriture*. Son père, un éminent psychiatre, avait peut-être côtoyé Roland Barthes lui-même. N'étant pas né d'un père géographe, à trois ans, Claude ne savait rien du mur du son et des deux Jacqueline, mais il faisait quelque part partie du champ d'observation de Françoise Dolto.

Claude. Le caractère androgyne de ce prénom éveille déjà une résonance particulière. Et si Claude eut l'air de s'esquiver après avoir éveillé Élizabeth à l'amour, ce n'est pas en boiteux (le latin *claudus* veut dire boiteux, d'où claudiquer, c'est-à-dire boiter). Au contraire, il s'éloigna en réponse à une sorte de droiture intérieure. Son comportement s'apparente d'ailleurs à celui de son patron, saint Claude, un religieux solitaire du 7e siècle, qu'on avait malgré lui nommé évêque de Besançon. Au bout d'un certain temps, ne supportant plus les responsabilités dont on l'avait chargé, l'évêque avait fini par s'enfuir, mais on l'avait hélas rattrapé et contraint de revenir à la gouverne de l'évêché. Cinq ans plus tard, encore une fois excédé d'être *contrarié dans sa vocation*, le futur saint Claude démissionna pour aller vivre dans un monastère du Jura. Malheureusement pour lui, il y fut encore une fois choisi meneur d'hommes, étant nommé cette fois père abbé. La flamme d'indépendance et la liberté d'esprit qui animaient saint Claude n'ont rien perdu de leur force chez ce Claude du 20e siècle, que l'on retrouve de nouveau assis à un bar.

Dans *La vraie vie*, Claude avait rencontré dans un bar de Berlin une femme qui lui avait donné envie d'approfondir l'art du massage. La femme n'avait absolument rien dit dans ce sens, mais leur rencontre avait laissé à Claude la conviction profonde qu'il devait être possible d'atteindre l'âme en touchant le corps. Pendant longtemps, Claude n'avait rien trouvé de plus important à faire que de prendre conscience, en même temps qu'il en sensibilisait les autres, du travail particulier de la mémoire et du désir, les deux fonctionnant de façon entremêlée plutôt que distincte. Il en était même venu à la conclusion que la vie ne tient à rien d'autre, et que la mémoire et le désir ne peuvent rien l'un sans l'autre, tout comme le corps n'est rien sans l'âme et vice versa. Cette recherche, si l'on peut dire, Claude l'avait menée naturellement, personnellement, en dehors de tout contexte. Elle était devenue le fil de son existence, et ce fil finissait toujours par le mener à un bar, tôt ou tard. Parfois au bout de quelques jours, parfois au bout de quelques semaines ou de quelques mois. Il n'y avait pas de règle. Il y avait seulement comme une soif traînant aux abords du temps.

✣

Pour les Acadiens de la région de Moncton, l'année 1953 se divisa en deux périodes de durée presque égale. Les événements mondiaux occupèrent la première moitié de l'année, jusqu'au couronnement d'Elizabeth II, et les réalisations locales dominèrent la seconde moitié de l'année. La démolition du théâtre Impérial de la rue Main, quelques jours après le couronnement, constitua le point de démarcation entre ces deux périodes. Il faut dire qu'à Moncton, les fêtes marquant l'accession d'Elizabeth II à la tête de l'Empire révélèrent une équivoque plutôt inquiétante. Bien que les festivités prirent tantôt des allures absolument inoffensives comme le thé de fin d'après-midi, elles prirent aussi une allure plutôt funeste avec la présentation, au Capitol, du film TITANIC. Comme valeur ajoutée, le film racontant le sinistre naufrage fut présenté au grand écran à minuit juste, c'est-à-dire à la première heure du jour du couronnement.

L'ambiance de l'été qui suivit fut comparable à celle d'un cirque. D'une part, la Société l'Assomption criait victoire avec des ventes record d'assurances; d'autre part, on préparait la venue à Dieppe de Willie Lamothe et son Rodéo musical. Suivirent John Diefenbaker, Lester

B. Pearson et le cirque combiné King Bros. and Cristiani. En août, à l'émission *Singing Stars of Tomorrow*, les jeunes cantatrices acadiennes Dolorès Nowlan et Marie-Germaine LeBlanc s'imposèrent comme de dignes descendantes d'Anna Malenfant, dont la voix, semble-t-il, n'avait d'égal que les couchers de soleil en hiver et *La petite poule d'eau* de Gabrielle Roy. Au cours de l'été, on avait aussi annoncé que les taudis étaient de meilleure qualité au Canada qu'aux États-Unis et que Marie, *la plus belle et « la plus jeune »* des quintuplées Dionne, se ferait religieuse contemplative. Ces mois d'effervescence préparèrent bien l'automne qui arrivait et qui donnerait aux Acadiens des raisons de se réjouir de l'envergure que voulait prendre leur petite nation.

Cette poussée se manifesta tant sur le plan matériel que sur le plan idéologique, les réalisations tangibles et les esprits enlevants ayant chacun leur impact. C'était comme si la consolidation de l'Empire autour d'une nouvelle reine avait incité les Acadiens à se rassembler, eux aussi, autour d'institutions ennoblissantes. Dans ce sens, septembre frappa fort. Tellement, qu'il frappa une journée avant d'arriver vraiment, c'est-à-dire le lundi 31 août 1953, avec le sacre de Son Excellence Mgr Albert Leménager, premier évêque du diocèse de Yarmouth. Cette réverbération acadienne du couronnement d'Elizabeth II retentit fortement à travers toute l'Acadie. Toujours prêt à défendre *l'Évangéline* en tant que *journal national des Acadiens*, le père de Bébé M. ne ménagea aucun effort pour rendre compte du grand rassemblement qui survenait près de 200 ans après la Déportation. Bébé M., qui s'apprêtait à franchir son septième mois de gestation, ne fut pas insensible à cette lumière rougeâtre ressemblant à un soleil levant sur l'Acadie. Mais elle ne put se réjouir à son aise, étant donné qu'elle se sentait de plus en plus à l'étroit dans le sein de sa mère.

⁘

Septembre frappa d'autant plus fort qu'il frappa, à la fin du mois d'août, encore une fois, avec la présentation, au Capitol de Moncton, du film sacrilège de l'année, THE MOON IS BLUE (LA LUNE ÉTAIT BLEUE), d'Otto Preminger. Ce film avait soulevé la controverse tant aux États-Unis qu'au Canada. À sa sortie en salle, l'archevêque de Washington n'avait pas mâché ses mots, déclarant que *de temps à autre, un défi se présente aux catholiques, et ce film en est un. Il nous appartient d'avoir assez de conviction pour s'abstenir d'y aller et prouver qu'un grand nombre d'entre nous trouvent que la lune est bleue parce que le bleu est la couleur de la Sainte Vierge à qui nous appliquons ces lignes du Cantique des Cantiques, « belle comme la lune, brillante comme les étoiles, terrible comme une armée déployée pour la bataille »*. Selon la grande revue catholique *The Sign*, le film, censé être drôle, comportait tellement de grossièretés qu'il en devenait dégoûtant, *le beau étant enterré par une avalanche de farces à double sens sans aucune préoccupation pour la plus élémentaire morale chrétienne.* Au Nouveau-Brunswick, où on ne passait qu'une fraction des films américains méritant quelque attention, le film put être projeté parce qu'une cour de justice avait invalidé l'interdiction décrétée par le bureau de censure provincial.

Assez significativement, le réalisateur qui avait osé produire THE MOON IS BLUE ne détenait rien de moins qu'un doctorat en droit et en philosophie. Fils d'un avocat viennois d'une certaine notoriété, Otto Preminger s'était intéressé à la scène dès son enfance et il devint l'assistant du célèbre metteur en scène Max Reinhardt avant même d'avoir achevé ses études. Ayant connu lui aussi beaucoup de succès en tant que metteur en scène, Preminger tourna son premier film en 1931, à l'âge de 25 ans. Il se rendit ensuite travailler sur Broadway, où l'une des grandes maisons de Hollywood s'empressa de venir le chercher. Il chevaucha le théâtre et le cinéma pendant un certain temps, avant de se consacrer exclusivement au cinéma. Faisant école avec Lubitsch et Mankiewicz, Preminger le cinéaste atteint une sorte de sommet avec ANGEL FACE (UN VISAGE SI DOUX, 1952), son quatorzième film depuis son arrivée en Amérique. Le changement de ton qui allait suivre n'était pas étranger au fait que Preminger était devenu un producteur indépendant, totalement affranchi des grandes compagnies cinématographiques. En portant à l'écran THE MOON IS BLUE, une pièce de théâtre qui venait de remporter un franc succès sur Broadway, il mettait sa liberté à profit *pour ébranler la rigide censure américaine*. Les termes *vierge professionnelle*, *séduction* et *maîtresse* étaient prononcés plus d'une fois dans le film, ce qui n'avait jamais encore été entendu au cinéma.

La Centrale catholique du cinéma, qui cotait tous les films susceptibles d'être montrés en France, sut reconnaître l'aspect comique de LA LUNE ÉTAIT BLEUE. Elle nota que le film de Preminger était *émaillé de traits d'humour et agrémenté d'un dialogue étincelant*. Or, devait-elle regretter, les démêlés de l'intrigue auraient pu *ne pas tirer à conséquence si, sous le couvert de la comédie, les vraies valeurs et les principes moraux n'étaient pas continuellement ridiculisés.* Elle attribua la cote 4B au film, ce qui en fit un film à déconseiller parce qu'il ne pouvait que *nuire à la majorité des adultes et porter préjudice à la santé spirituelle et morale de la société.* Le système de classification des films auquel adhérait *l'Évangéline* reflétait les mêmes réserves, mais comme l'éventail des classifications était un peu moins nuancé, THE MOON IS BLUE tomba tout simplement dans la catégorie des films totalement condamnés. De tous les films montrés à Moncton en 1953, il fut le seul à se retrouver dans cette catégorie. Un autre cas rare surgirait l'année suivante, en mars, pendant que Bébé M., âgée de 18 semaines, mijotait sa crise cœliaque. Le film MARTIN LUTHER serait jugé *nuisible et positivement mauvais… un danger moral et social.*

La mise à l'Index du film THE MOON IS BLUE suscita certes de l'émoi, mais pas autant que l'époustouflante transformation de Christine Jorgensen. Le secret de cette formidable affaire avait été éventé à la fin de l'année 1952 par un journaliste du *Daily News*, un tabloïd new-yorkais friand de nouvelles sensationnelles, mais la vérité ne s'installa définitivement que quelques mois plus tard, soit en avril 1953, à la fin du deuxième mois de gestation de Bébé M. Le sexe de l'enfant était déjà déterminé à ce moment-là, mais personne ne pouvait encore savoir si les glandes et organes sexuels du fœtus deviendraient ceux d'une fille ou d'un garçon. Ce manque de transparence avait d'ailleurs à voir avec le problème du jeune George Jorgensen, qui eut recours à la science danoise pour faire en sorte que son allure reflète mieux son identité sexuelle profonde. Le traitement se ferait en plusieurs étapes mais, déjà en juin 1952, l'ex-GI de 26 ans était devenu une ravissante Christine, vivant normalement dans la capitale danoise et travaillant à sa carrière de photographe. De sa résidence de Copenhague, George / Christine avait écrit à ses parents pour leur expliquer qu'il recevait des soins afin de corriger un trouble physiologique qui avait faussé sa véritable identité sexuelle. Il expliqua qu'il s'agissait en gros de permettre à ses caractéristiques féminines ensevelies de s'épanouir pleinement.

Si l'intervention n'avait rien pour ébranler la société danoise (des journalistes danois étaient au courant de l'affaire mais avaient promis de ne pas en faire cas), elle avait tout pour électrifier la société américaine. En une semaine, les trois principales agences de presse d'Amérique régurgitèrent plus de 50 000 mots sur le sujet. Les journalistes déferlèrent sur Copenhague, tentant par divers moyens de pénétrer dans la chambre d'hôpital où Christine se remettait d'une des nombreuses interventions nécessaires à sa transformation. En personne ou par appels téléphoniques transatlantiques, les journalistes osaient toutes sortes de questions. Ils essayèrent même de savoir si Christine portait des pyjamas ou une robe de nuit, si ses intérêts étaient masculins ou féminins, c'est-à-dire si elle aimait le baseball ou le petit point. Les revues *Time* et *Newsweek* firent leur part pour expliquer l'affaire. Elles publièrent des détails sur le processus de transformation (cinq chirurgies majeures, une chirurgie mineure et plus de 2000 injections d'hormones), décrivirent abondamment la frénésie des journalistes affectés à ce sujet et rapportèrent que beaucoup de spécialistes du monde médical riaient du tumulte médiatique déclenché par la transformation sexuelle. Ces spécialistes affirmaient que la transsexuation était loin d'être une intervention rare, qu'elle était même pratique courante dans plusieurs hôpitaux des États-Unis. Le *Time* explora jusqu'à la nomenclature de l'affaire, tâchant de définir pour le commun des mortels les termes *hermaphrodisme* et *pseudohermaphrodisme*, deux anomalies respectables par comparaison à l'*homosexualité*, qui, elle, n'avait rien de congénital, même si les homosexuels refusaient de l'admettre. L'article précisait en outre que les homosexuels rejetaient les traitements psychiatriques leur offrant quelque possibilité de mener une vie normale. La revue *Time* parvint aussi à établir que des homosexuels avaient bel et bien tenté de convaincre des chirurgiens américains de les transformer en *pseudofemmes*, mais que la majorité des cliniciens ne voulaient rien avoir à faire avec ce crime contre la Nature et contre les lois des 48 États du pays.

⁘

Claude. Le bar en question se trouve cette fois à Toronto. Autant il est difficile de dire si le décor du bar est intentionnellement ou accidentellement kitsch, autant il est difficile de se faire une idée des gens qui s'y rassemblent. D'abord ils se ressemblent. Ils ont beau être jeunes ou vieux, ils ont tous plus ou moins le même âge, cet âge de l'âme un peu ridée, de l'âme qui veut vivre mais pas à n'importe quel prix. Parce que rien ici n'a l'air de vouloir vivre à tout prix. Rien ne tient à éclater, rien ne doit absolument percer. Du moins pas en ces termes. La sexualité de chacun, par exemple. Ne semble pas avoir ce besoin primordial d'éclater.

Le corps a pourtant une grande place dans ce lieu. À

plusieurs, ils créent le mouvement, diffusent l'ambiance. Individuellement, ils se prêtent aux regards, touchent l'esprit. Des gens se tiennent debout ici et là, marchent, regardent. D'autres sont assis. Certains causent tranquillement, d'autres, de façon plus déterminée. Plus déterminante. Du moins par rapport au reste du lieu. Du moins par rapport au calme qui enveloppe tout. Quelqu'un qui se mettrait à rire très fort, par exemple, entendrait tout de suite son propre bruit. Deviendrait tout à coup conscient. Le bruit est parfois une chose appréciable. Tout comme la musique. Lorsqu'elle ne veut rien écraser, ne rien restreindre. Surtout pas la spontanéité. D'un éclat de rire. D'une scène de jalousie. D'un accès de colère. Car tout peut vivre. Tout doit vivre. Passer de l'intérieur à l'extérieur sans jamais que cela inquiète ou étonne. Car l'âme et le corps ne font qu'un.

Claude est assis depuis environ une heure à l'extrémité du long comptoir du bar. Un autre homme est venu s'asseoir non loin de lui il y a déjà un bon moment. Un siège les sépare. Ils ont échangé quelques mots. Ils sont paisibles, plus ou moins ensemble dans cette activité qui consiste à regarder les gens circuler dans la grande salle. D'un propos informel à un autre, Claude dit à l'inconnu qu'il est masseur, mais qu'il a à peu près abandonné ce métier. Comme pour entretenir le rythme tranquille de leur échange, plus que par intérêt réel, son interlocuteur lui demande pourquoi. Claude hausse les épaules. L'autre n'insiste pas. Il ne tient pas à s'encombrer de réponses. D'ailleurs, il n'y a probablement pas de réponse. Les deux hommes ne disent plus rien. Le flot dans la grande salle berce leurs regards et leurs pensées. Puis quelque chose touche à sa fin. Claude vide son verre et paye le barman.

Avant de s'en aller, il tend son adresse de masseur à l'homme qui n'est plus tout à fait un étranger et, sans rien ajouter, il prend congé de la situation.

⁘

No girl at all. L'Amérique, qui pour ne pas sombrer s'était accrochée à la notion que la transformation de George en Christine n'était en réalité qu'un parachèvement de l'œuvre de la Nature, fut obligée de se rendre à l'évidence : George Jorgensen avait tout d'un mâle, ce qui faisait de Christine, devenue la beauté de Manhattan, côtoyant les célébrités et se prêtant de bon gré au cirque médiatique, un mâle retravaillé. Il y en eut pour affirmer que George / Christine n'avait jamais laissé croire le contraire, et que beaucoup de lecteurs perspicaces avaient compris depuis belle lurette que George Jorgensen n'avait rien d'une fille au départ. Ces personnes voulaient se démarquer de celles qui se laissaient offusquer par l'impensable et qui, dans ce cas, avaient choisi d'adoucir le coup en imaginant quelque défectuosité technique ou une anomalie toute naturelle qui, du fait même, méritait l'attention du monde médical.

Sentant le besoin de tirer la chose au clair une fois pour toutes, le *Post* de New York envoya un de ses journalistes au Danemark rencontrer les médecins de Jorgensen, y compris son psychiatre. Les médecins ne s'en cachèrent pas : Jorgensen n'était ni hermaphrodite, ni pseudohermaphrodite. À cause de son fervent désir de vivre comme femme, il avait reçu les traitements nécessaires à sa transformation physique. Le psychiatre de Jorgensen, le docteur Georg Stuerup, ajouta que la psychiatrie était pratiquement impuissante à détourner les homosexuels vrais de leur penchant. Au cri d'alarme des psychiatres américains, selon qui les transsexués ne faisaient que s'exposer à pire souffrance que l'homosexualité – leur transformation n'étant qu'illusoire –, les médecins danois répondirent que le battage médiatique suscité par la transsexuation constituait un plus grand danger pour le client que la transformation elle-même. Le psychiatre de Jorgensen enfonça un dernier clou en qualifiant l'attitude américaine de puérile et hypocrite. Il déclara que la transsexuation était pratique courante aux États-Unis et dénonça le fait que les chirurgiens américains, habilités à pratiquer une intervention sur toutes les parties du corps humain, y compris le cerveau, ne puissent pas toucher aux testicules. Il fit observer que la maturité de la société danoise la protégeait d'une pareille incongruité. Il ajouta que les Danois continueraient leurs travaux dans le domaine de la transsexuation, mais sans traiter d'étrangers, car cela soulevait trop d'hystérie. Bien entendu, cette annonce déçut les 600 étrangers accourus aux portes de la science médicale danoise depuis l'éclatement de l'affaire Jorgensen.

Comme par enchantement, le sacre de Son Excellence Mgr Albert Leménager permit de lever un peu le voile sur le sacrilège commis par le film THE MOON IS BLUE. En effet, Son Excellence Mgr Norbert Robichaud, archevêque de Moncton, tomba pile avec un sermon rappelant les origines religieuses et mariales de l'ancienne Acadie. Il souligna que le peuplement de l'Acadie par les colons français s'était fait pendant la période où la France connaissait l'âge d'or de sa pratique religieuse, période qui vit naître l'école spirituelle française du cardinal de Bérulle. Le père de Condren, saint Vincent de Paul, Monsieur Olier, saint Jean Eudes et saint Louis-Marie de Montfort furent les principaux adeptes de cette école spirituelle. L'archevêque rappela aussi que l'Acadie avait été fondée sous le règne de Louis XIII, monarque qui *avait pris soin, en 1630, de faire déclarer solennellement Marie protectrice céleste de tous ses États, et le 15 août de la même année, avait consacré son royaume et ses colonies à l'Assomption de la Bienheureuse Vierge Marie.* Selon Mgr Robichaud, tout cela expliquait tant *la robuste foi que professaient nos ancêtres que la suite ininterrompue de faits et de coïncidences marials* qui jalonnaient l'histoire de l'Acadie.

Outre ce regard historique sur la ferveur religieuse et la tourmente de 1755, qui était ni plus ni moins la preuve que Dieu n'oubliait pas les Acadiens (dixit l'Ange à Tobie : *... parce que tu étais agréable à Dieu il a fallu que l'épreuve te visitât*), le sacre de Son Excellence Mgr Leménager fut l'occasion pour l'Acadie moderne de 1953 de se manifester dans toute sa splendeur. L'événement prit une ampleur telle qu'on finit par parler du sacre tout court comme du couronnement tout court, sans besoin de préciser qui au juste allait entrer dans les ordres. En définitive, ce don que faisait l'Église aux Acadiens de la Baie-Sainte-Marie d'*un évêque né sur son sol, nourri dans ses foyers, fortifié à l'ombre de ses églises, formé sous l'inspiration d'un passé qui se renouvelle dans ses gloires les plus pures* ressemblait à un coin du ciel tombé sur terre. L'allégresse et la magnificence des cérémonies atteignirent un point culminant lorsque retentirent le *Te Deum* et l'*Ave Maris Stella* dans la cathédrale de Yarmouth.

Aussi incomparable que fut la cérémonie du sacre en elle-même, elle trouva un écho tout aussi extraordinaire à l'extérieur de la cathédrale. D'abord, un grand nombre d'anciens paroissiens ainsi que des religieux et religieuses venus de tous les coins des Maritimes s'étaient joints aux fidèles du diocèse de Yarmouth pour les célébrations. Beaucoup d'entre eux participèrent d'une manière ou d'une autre aux divers défilés (avec la fanfare de la base navale de Cornwallis) et cortèges (on compta jusqu'à 300 autos). À leur passage, les gens s'agenouillaient devant leur maison pour recevoir la bénédiction épiscopale. D'autres agitaient de petits drapeaux. Le parcours était pavoisé de belles décorations. À un moment donné, la voiture officielle dut s'arrêter pour permettre au nouvel évêque d'accepter un bouquet de fleurs. En plus des nombreuses réceptions avec allocutions de circonstance, il y eut un banquet avec toast et menu artistiquement présenté : céleri, noix et olives ; coupe de fruits ; consommé ; homard à la crème avec petit pain ; dinde rôtie et farcie avec gelée aux pommes de pré, pommes de terre en purée, petits pois et carottes au beurre ; crème glacée, bouchées délices de la Baie-Sainte-Marie et gâteau d'Acadie ; café et boissons gazeuses ; et enfin, cigares et cigarettes.

Le dimanche 30 août 1953, veille du sacre, Garde Vautour attend paisiblement, dans la gare de Moncton, le départ du train du dimanche pour Pointe-du-Chêne. Elle a décidé de profiter de son jour de congé pour prendre ce dernier train de la saison vers les plages de Shédiac. Le train quitte Moncton à midi trente et repartira de Pointe-du-Chêne après le souper, à 6 h 30. Garde Vautour passera l'après-midi à se ballader dans les ruelles du village, sur le quai et sur la plage. Elle a apporté un sandwich pour son repas, qu'elle complétera avec des patates frites ou une crème glacée, ou les deux. Dans son sac d'excursion, il y a aussi des espadrilles (elle ne veut pas se montrer en espadrilles dans le train), un chandail, une serviette, son porte-monnaie, un flacon de parfum *Tulipe noire* et le dernier numéro du *Reader's Digest*. Elle porte un chapeau d'été acheté en solde chez Vogue et étrenne une nouvelle marque de bas de nylon, achetés à bon prix à la Pharmacie Surette.

Garde Vautour s'est présentée à la gare trois quarts d'heure d'avance. Elle aime regarder le va-et-vient des voyageurs et des gens qui, comme elle, partent en pique-nique pour la journée. Elle ramasse distraitement une revue qui traîne à côté d'elle sur le banc, la feuillette sans conviction, son attention allant le plus souvent à l'activité fébrile qui se déploie dans la salle. Elle ne parvient vraiment à lire que lorsqu'une sorte de calme finit par gagner les gens dans leur attente. Elle lit qu'un chercheur réputé, un docteur Kinsey, s'apprête à publier les résultats de son étude sur la sexualité féminine aux États-Unis. D'après ce qu'elle comprend, les conclusions de l'étude touchent au type de mœurs que dépeint THE MOON IS BLUE. Ce film vient d'ailleurs de quitter l'affiche pour quelques jours mais sera de nouveau projeté au Capitol au cours de la semaine.

Garde Vautour ne sait pas encore si elle ira voir THE MOON IS BLUE, ce film *que tout catholique doit s'abstenir de voir*. Même si toute cette histoire de morale l'énerve un peu, elle ne se sent pas prête à défier trop ouvertement la position de l'Église. Heureusement, ce genre de dilemme ne survient pas trop souvent. Car Garde Vautour aime bien aller au cinéma. Étant célibataire, donc relativement libre de ses sorties, elle peut voir des films aussi souvent qu'elle le veut. Dans ce sens, Garde Vautour trouve que Garde Comeau fait un peu pitié. Comme elle commence son tour de service à l'heure du souper, elle ne peut pas aller au cinéma en semaine. Mais comme Garde Comeau n'a pas l'air de se rendre compte de ce qu'elle manque, Garde Vautour n'insiste pas. Elle ne tient pas à être perçue comme étant la plus chanceuse des deux. Garde Vautour est consciente de sa chance et il ne lui arrive presque jamais d'envier le sort des autres femmes. Tout compte fait, sa vie lui semble la meilleure possible.

Chapitre VII
La vraie vie II

Des sièges tournants et confortables en chrome et en plastique – Sens romanesque du tempo – Une pluie de la mort venant du firmament – Ambiance cinématographique et nucléaire à Hampton – Bourdonnements d'une porteuse – Entracte chez les Kinsey – Splendeur de l'uranium – Défaut de masse, famille nucléaire et sexualité – Indestructible immortalité – Le destin qui s'accomplit en même temps qu'il se révèle – Population réelle et population virtuelle de la Terre – Délinquances postmodernes et autres instants nucléaires

En fin de compte, septembre 1953 frappa d'autant plus fort que sept jours après le sacre, l'Acadie fut la scène d'une nouvelle apothéose. En plus de fêter, cet automne-là, son 50e anniversaire, la Société Mutuelle l'Assomption allait s'installer dans l'immeuble de quatre étages qu'elle avait fait construire à Moncton, au coin des rues Saint-Georges et Archibald. Les entrepreneurs affectés aux divers travaux achetèrent des annonces dans le cahier spécial publié par *l'Évangéline* pour souligner l'événement. L'entrepreneur Abbey Landry (églises de Dieppe, Lakeburn et Parkton, collège Notre-Dame d'Acadie, Moncton Fish Market) avait dirigé la construction du bâtiment en pierre de

Shédiac, dont le contrat de maçonnerie avait été accordé à Donald Gould (hôtel Brunswick, magasin Eaton) et celui de plâtrage, à Abbey Cormier (magasin Woolworth et Banque Impériale). Aucun effort n'avait été ménagé pour faire de cet immeuble un fort symbole de l'Acadie à Moncton. Même les boutons de l'ascenseur avaient été codés en français (OP pour *ouvrir porte*, FP pour *fermer porte*, SS pour *sous-sol* et RC pour *rez-de-chaussée*). Pour remplir cet immeuble, l'Assomption s'entoura de locataires qui aspiraient, eux aussi, à faire rayonner l'Acadie. Radio-Canada et la Banque Provinciale se partagèrent donc le rez-de-chaussée avec le restaurant Marcil, disposé à nourrir tout ce beau monde sur *des sièges tournants et confortables, en chrome et en plastique, groupés autour de trois tables en fer à cheval recouvertes de formica de couleur rouge, ce qui donne un excellent coup d'œil.* Comme l'avait résumé le maçon Gould, *ça prend de bonnes bâtisses pour faire de bonnes affaires.*

L'effervescence acadienne de septembre 1953 coïncida avec le début d'une étape cruciale pour Bébé M., à qui il ne restait plus que deux mois de vie intra-utérine. Au cours de cette période, elle devait voir à équilibrer et son poids et sa vie cérébrale. Une carence en vitamines et en sels minéraux pouvait d'ailleurs nuire au développement de son cerveau. De façon générale, la bonne adaptation de Bébé M. à la vie extra-utérine était tributaire de ces deux derniers mois. Par la force des choses, Bébé M. apprivoisa donc peu à peu le stress de vivre. En plus de veiller à son propre développement, elle devait s'assurer d'appuyer de temps en temps sur la vessie et le diaphragme de sa mère, qui avait un peu besoin de ces inconvénients pour sentir que sa grossesse était normale. Bébé M. devait aussi entrer en relation d'angoisse de séparation avec sa mère. Tous ces comportements devaient être bien dosés, sinon la mère s'énerverait ou se fatiguerait inutilement, ce qui, tôt ou tard, ne pourrait que nuire à Bébé M. Au bout du compte, toutes ces préoccupations firent en sorte que Bébé M. acquit malgré elle un sens du rythme, qui était peut-être déjà un sens romanesque du tempo, sens qui s'exprima dans toute sa splendeur le jour prévu de son arrivée, au terme d'une présentation dite normale, c'est-à-dire la tête en bas.

La possibilité que les scientifiques mettent au point une nouvelle bombe super-puissante, à côté de laquelle la bombe A (pour atomique) et la bombe H (pour hydrogène) *ne seraient plus que de simples pétards*, vint quelque peu troubler le calme que la mère de Bébé M. voulait s'offrir pendant ses deux derniers mois de grossesse. Le principe de cette bombe C (pour cobalt) n'avait rien de rassurant. *Une bombe atomique serait utilisée pour déclencher une bombe à hydrogène. La bombe à hydrogène serait encaissée dans une épaisse enveloppe de cobalt. Le cobalt deviendrait radioactif, et sa poussière serait répandue très haut dans l'atmosphère. Les courants atmosphériques entraîneraient cette poussière mortelle dans tout l'univers. Et puis commencerait une pluie de la mort venant du firmament, et descendant lentement sur toutes les parties du globe. Ce poison contaminerait tous ses habitants. Les hommes, les femmes, les enfants seraient victimes de la radioactivité et mourraient lentement.* Ces descriptions lugubres de *l'Évangéline* étaient d'autant plus inquiétantes que beaucoup de pays importants, les États-Unis et l'URSS en tête, étaient plus pressés les uns que les autres d'annoncer qu'ils possédaient ces engins redoutables. Des hommes et des femmes éclairés (madame Vijaya Laksmî Pandit, sœur du premier ministre Nehru de l'Inde, venait d'être élue à la présidence des Nations Unies, monsieur Pearson étant tombé sous le véto des Russes) avaient beau mettre tout le monde en garde contre les armes nucléaires, les bombes apocalyptiques gagnaient du terrain de semaine en semaine. À la fin du mois de septembre, les États-Unis entrevoyaient la production de bombes H à bon marché dès qu'entrerait en production l'énorme usine de plutonium d'Aiken, en Caroline du Sud. Il y avait un hic cependant: les Américains étaient à court d'avions militaires modernes capables de transporter très loin ces bombes, jusqu'au-dessus de la Russie, par exemple. En revanche, si les Soviétiques accusaient un certain retard sur les États-Unis quant à la quantité de bombes qu'ils possédaient, ils ne manquaient pas d'avions pour les transporter.

Le scénario avait de quoi troubler une femme enceinte, d'autant plus que depuis le début de l'année, *l'Évangéline* n'avait cessé de publier les détails des essais nucléaires américains sur les plaines du Yucca, explosions qui faisaient trembler le désert et dont les lueurs de feu pouvaient être aperçues à des centaines de milles à la ronde. Si certains détails rapportés – *des automobiles placées à 35 milles de l'endroit ont vibré pendant quatre minutes et demie après l'explosion* – donnaient une bonne idée de l'impact, les expériences des Américains trahissaient aussi de sombres intentions. Dans un premier temps, des avions contrôlés par radar traverseraient le nuage nucléaire avec des souris et des singes à bord, puis on planterait une forêt de pins, on construirait des ponts en acier et on ferait circuler un train de marchandise sur les lieux de l'explosion, tout cela pour mesurer les effets des déflagrations. Au cours de l'automne, la prolifération du nucléaire s'étendit aussi à l'Allemagne et à la Grande-Bretagne (qui faisait ses essais en Australie), puis sous les eaux avec le lancement du premier sous-marin à propulsion atomique. Le Canada y alla pour sa part d'un terrain pour armes téléguidées le long de la frontière de la Saskatchewan et de l'Alberta.

Même si l'Acadie semblait à l'écart de cette course à l'armement, elle n'y était pas absolument étrangère. La fièvre nucléaire avait propulsé l'uranium à la place de l'or comme métal précieux. Par conséquent, depuis cinq ans, toute découverte d'un gisement d'uranium provoquait une véritable ruée. À compter du printemps 1953, cette fébrilité toucha divers coins du Québec, puis la région de Sault-Sainte-Marie, la Colombie-Britannique, la Saskatchewan et le Cap-Breton. Elle atteignit finalement le Nouveau-Brunswick à la fin de l'été. Le 31 août, à côté de l'article relatant l'arrivée de Mgr Leménager dans son futur diocèse de Yarmouth, *l'Évangéline* faisait état de la découverte de ce que l'on croyait être un riche dépôt d'uranium à Hampton, non loin de Saint-Jean, où avait débarqué *une armée d'ingénieurs miniers et de prospecteurs. La scène, dans cette petite ville endormie du comté de Kings, ressemble à une version cinématographique d'une procession de chercheurs d'or… Tout le monde est là coudoyant de jeunes ingénieurs ardents qui se hâtent sur les lieux pour faire l'analyse du précieux élément, afin d'en déterminer la force.* L'allusion au cinéma de même que la fin de l'article, qui laissait entendre que Hampton deviendrait peut-être une ville florissante comme Bathurst, où on avait découvert un imposant dépôt de minerai, eut de quoi égayer les cœurs et faire oublier la menace nucléaire pendant quelques jours. Bébé M. perçut tout ce brouhaha de l'intérieur de l'utérus qui la protégeait de son environnement sans pour autant l'isoler. Elle ne savait pas à quoi au juste attribuer cette effervescence, mais elle remarqua que l'agitation était différente de celle qui faisait habituellement augmenter les battements cardiaques de sa mère, et qui était invariablement suivie d'une intensification des ondes de sa voix. Bébé M. ne savait pas encore que quatre sœurs et frères l'avaient précédée dans le sein maternel, et qu'ils comptaient pour beaucoup dans les hausses et les baisses de bourdonnement de sa porteuse depuis qu'ils en étaient sortis.

Regardant par la fenêtre du train, songeuse, Garde Vautour se laisse bercer par le rythme des rails. Ayant emporté avec elle le magazine trouvé sur le banc de la gare, elle vient de finir de lire l'article sur ce chercheur Kinsey. Les conclusions du docteur Kinsey sur la sexualité des Américaines l'ont quelque peu déçue. Elle trouve que toute personne moindrement sensée aurait pu arriver aux mêmes constats, statistiques en moins. C'est plutôt la carrière même d'Alfred Kinsey qui la fait réfléchir. Travailleur acharné, sa vie sociale se limitait aux soirées musicales qu'il tenait chez lui le dimanche. Musicologue invétéré, le docteur Kinsey planifiait un programme de musique classique, puis commentait les pièces à mesure qu'elles passaient. Les dames étaient autorisées à tricoter avec des aiguilles assourdies pendant ces auditions. À l'entracte (gâteau et sorbet), la conversation des invités portait sur les pièces entendues. D'abord honorées de l'invitation, plusieurs personnes de la petite ville universitaire de Bloomington décidèrent, à la fin, de ne plus assister à ces soirées car l'intensité de leur hôte les agaçait.

Alfred Charles Kinsey, né au New Jersey avant le tournant du siècle, est un exemple typique du self-made-man américain. Il commença à travailler comme garçon d'atelier à l'institut de technologie Stevens, pour finalement en devenir le directeur des sciences mécaniques et ce, même s'il avait passé la presque totalité des 10 premières années de sa vie alité par le rachitisme, des troubles cardiaques et une fièvre typhoïde qui faillit le tuer. En fin de compte, les nombreuses maladies de leur fils poussa le couple Kinsey à fuir l'air pollué de Hoboken pour s'établir à la campagne, ce qui eut des conséquences notables sur la santé du petit Alfred. À la campagne, le garçon découvrit bien sûr la multiplicité des fleurs et des oiseaux. Mais sa curiosité pour la nature ne fut définitivement avivée que le jour où il découvrit une fleur non répertoriée dans le livre de botanique que son père lui avait donné. L'étude qu'Alfred mena sur le comportement des oiseaux pendant la pluie fut publiée alors qu'il était encore à l'école primaire, et le jeune homme compléta ses études secondaires avec d'excellents résultats, sans avoir négligé son piano. Pendant ses études à Harvard, Alfred Kinsey étudia les plantes sauvages comestibles de l'est de l'Amérique du Nord. Il fut ensuite fasciné par les cynips, dont les curieuses particularités biologiques étaient pour lui la preuve que le phénomène de l'évolution n'était pas terminé. Accompagné de son épouse et de ses enfants, il parcourut 80 000 milles pour recueillir trois millions et demi de spécimens (le cynips est un insecte parasite vivant exclusivement sur les chênes), à partir desquels il compila des montagnes de statistiques. C'est à l'âge de 44 ans que des étudiants le questionnèrent sur les agissements sexuels des gens mariés. Il n'en fallut pas plus. Dix ans plus tard, il publiait le résultat de ses recherches sur le comportement sexuel de l'homme américain. Une étude semblable de la sexualité féminine était sur le point de sortir en librairie et les autorités catholiques la destinaient d'avance à l'Index.

C'est l'Allemand Martin Heinrich Klaproth qui, en 1789, donna le nom d'*uranium* (pour la planète Uranus, observée la première fois huit ans plus tôt) à cette nouvelle *substance inconnue qui se comporte comme un métal.* Une quarantaine d'années plus tard, le Français Eugène Melchior apporterait de nouvelles précisions sur l'uranium, sans toutefois éveiller beaucoup d'intérêt pour l'élément. Il faudrait attendre encore une cinquantaine d'années avant qu'Henri Becquerel découvre la propriété radioactive de l'uranium. Puis, en 1898, les travaux de Pierre et Marie Curie (née Sklodowska) menèrent à la découverte de deux nouveaux éléments de la même famille que l'uranium, soit le polonium (de Pologne, pays d'origine de madame Curie) et le radium (nommé ainsi à cause de ses propriétés radioactives). Madame Curie fut d'ailleurs la première femme à obtenir un prix Nobel, celui de physique, en 1903, prix accordé en même temps à son mari Pierre et à monsieur Becquerel. Marie Curie fut aussi la première personne à être nobélisée deux fois, ayant obtenu pour elle seule le prix Nobel de chimie en

1911, pour la découverte du *Po* et du *Ra* et pour la suite de ses travaux en radioactivité.

Jusqu'à la Seconde Guerre mondiale, l'élément *U* sera surtout prisé comme source de radium, utilisé dans le traitement du cancer. Accessoirement, des sels d'uranium seront ajoutés au verre, car leur phosphorescence permet de déceler les rayons ultraviolets. Seul élément de la nature dont le noyau est fissible par neutrons lents, l'uranium ne révélera toute sa splendeur qu'en 1938 avec la découverte de la fission nucléaire, cette réaction en chaîne énergétique à la base de la bombe atomique. La découverte de la fission nucléaire découle des travaux d'Einstein et de son intuition du *défaut de masse*, cette force inouïe qui lie les neutrons dans le noyau de l'atome. Selon *Le livre des connaissances* de Grolier, un défaut de masse d'un gramme correspond approximativement à la quantité de chaleur nécessaire pour transformer 220 000 tonnes de glace en vapeur d'eau. Nombreux furent les scientifiques qui concrétisèrent le potentiel nucléaire à partir des théories d'Einstein et des travaux de Hahn et Strassman en Allemagne, de Frisch et Meitner au Danemark, des Joliot-Curie en France et de l'Italien Fermi aux États-Unis.

Aussi stupéfiants que se révélèrent l'uranium et le phénomène de la fission nucléaire, ils furent bientôt surclassés par la découverte de la fusion nucléaire, qui, elle, mena à la bombe à hydrogène. Pour donner une idée de la magnitude d'une bombe H, il suffit de rappeler que la bombe atomique d'Hiroshima, qui tua 72 000 personnes et rasa complètement une superficie de 12 kilomètres carrés, comportait un kilogramme d'uranium, ce qui équivalait à environ mille tonnes de T.N.T. Cette force formidable ne jouerait cependant que le rôle d'une allumette dans le déclenchement de la bombe à hydrogène, aussi appelée bombe thermonucléaire. Car il faut une chaleur d'au moins 50 000 000 °C pour déclencher la fusion nucléaire. Pour donner une autre idée du phénomène, disons simplement que la fusion nucléaire est à l'origine de l'énergie que dégage le soleil, rien de moins. Quant à la puissance incomparable de la bombe C, elle découle du triplet fission-fusion-fission sous la même capsule, si on peut dire.

La première explosion expérimentale de la bombe à hydrogène eut lieu le 31 octobre 1952, aux îles Marshall, une dépendance des États-Unis dans l'océan Pacifique. La bombe pesant 67 tonnes avait 125 fois la puissance de celle d'Hiroshima. L'expérience permit d'entrevoir la possibilité de détruire l'humanité entière d'un seul coup avec un engin du même type, mais plus performant. Bébé M., dont l'âme circulait déjà autour de la terre, décida malgré tout d'entrer en gestation. Il ne lui restait qu'à se choisir une famille et un sexe. Aussi anodin que puisse paraître le choix d'une famille, il n'était pas chose facile, car la cellule familiale avait tenu un rôle important dans la mise au point des bombes nucléaires. On n'a qu'à penser au couple Pierre et Marie Curie, à leur fille Irène, qui forma avec Frédéric Joliot le couple Joliot-Curie, à l'Autrichienne Lise Meitner et son neveu Otto Frisch, et au couple Rosenberg, pour ne nommer que ceux-là. Quant au choix d'un sexe, il n'était guère plus reposant que le choix d'une famille, si l'on en juge par l'affaire Jorgensen, qui avait fait basculer l'identité sexuelle dans le même bain que le reste du globe, c'est-à-dire dans le feu de la dégénérescence et de la reconstruction.

⁂

Le roulement du train et le déroulement de la vie du chercheur Kinsey ont plongé Garde Vautour dans une sorte de rêverie cinématographique. La femme dans la cinquantaine a vu la vie du chercheur prendre forme sous ses yeux à mesure qu'elle lisait l'article et que défilait le paysage. Elle se sent maintenant légère, comme détachée de la réalité, comme au cinéma. Elle se sent bien. Elle flotte au-dessus de la matière et de la réalité sans aucun effort, tout comme elle ne sent pas l'effort de la locomotive qui lui fait si facilement traverser l'espace. Elle ressent cette légèreté comme une sorte de vertu, comme une émanation qui s'élève au-dessus de tout. Pour tout dire, elle se sent libre et immortelle. Il ne lui manque rien, et elle ne désire rien de plus.

Il était peut-être théoriquement possible, en 1953, de détruire le sentiment d'immortalité, mais cela n'était pas encore fait. Le cardinal Stepinac, Lavrenti Béria et Bébé M. en fournissent des exemples frappants. Le cardinal Stepinac, gardé sous surveillance dans le territoire yougoslave de Krasic, ne cessait d'interpeller les communistes de son pays, affirmant que l'Église ne plierait jamais devant les décrets du régime de Tito. Lavrenti Béria, cet ancien chef de la police secrète russe qui aspirait à succéder à Staline, ne devait pas douter lui non plus de son immortalité, à en juger par les crimes dont on l'accusa, parmi lesquels l'assassinat de Trotski et, pire encore, la chute du régime soviétique qu'il aurait *tramé avec une capitale étrangère*. Son sentiment d'immortalité ne le garda cependant pas d'être exécuté, neuf mois seulement après avoir porté le cercueil de l'homme d'acier. Finalement, une troisième preuve de l'indestructibilité du sentiment d'immortalité vient du fait que l'âme de Bébé M. opta de s'incarner après avoir traversé le nuage nucléaire de l'atoll d'Eniwetok, pendant qu'elle tournoyait autour de la terre. Même si plusieurs n'y verront que le fruit d'une pure inconscience, ils ne pourront nier que ce genre d'inconscience a, jusqu'à présent, réussi à faire échec au pire défaut de masse, l'âme elle-même n'étant peut-être qu'un défaut de masse en liberté, capable de défier les probabilités et, en ce qui concerne le poids, capable d'en prendre ou d'en laisser.

⁘

Claude sort la boîte dans laquelle il avait rangé les enregistrements sonores qu'il avait fini par intégrer à ses traitements. C'est la première fois qu'il réexamine sa collection depuis qu'il a quitté Montréal. En lisant l'un après l'autre les titres de ces expérimentations plus ou moins musicales, il se rend compte qu'il n'en tire aucune nouvelle inspiration. Il a même de la difficulté à se replonger dans cette période de sa vie, pourtant pas si éloignée dans le temps. Il sort la cassette intitulée *La femme de Berlin*, retourne le boîtier entre ses doigts comme s'il s'agissait du fruit d'un arbre étrange.

Ces temps-ci, Claude ne parvient pas à se faire une idée claire de ce qui lui arrive. Son esprit a de la difficulté à suivre une seule ligne de pensée, ce que reflètent d'ailleurs ses errements dans l'espace physique de la ville. Depuis son arrivée à Toronto, Claude n'a pas fait grand-chose d'autre que se promener de long en large. Il ne sait pas trop ce qu'il cherche, il n'est même pas certain de vraiment chercher quelque chose. Il guette, tout simplement. Peut-être qu'un jour, quelque chose retiendra son attention. Il ne s'efforce pas non plus de rencontrer des gens. Il se contente de conversations au hasard, avec des personnes qu'il ne compte pas vraiment revoir. Le moment passé avec l'inconnu du bar rompt avec l'anonymat des derniers mois. Il se demande d'ailleurs ce qui l'a poussé à lui laisser ses coordonnées de masseur. Mais le geste a beau lui paraître étrange, la constatation de cette étrangeté s'avérera fugace, car déjà sa pensée a bifurqué, pris un autre angle, un autre éclairage. Rien ne dure longtemps. Tout bascule au moindre coin de rue. Mais sans bruit. Ou à peine. Comme si tout n'était qu'ébauche, que composition. Des tentatives, mais à peine, de s'élever. Car il ne dépend pas toujours de soi de rejoindre l'amour. Et justement, Claude ne sait pas qu'il pense à l'amour. Il ne sait pas que l'amour peut être une sorte de dérive. Un vague à l'âme. Un désir qui se cherche. Qui nous cherche.

Le cinéma aussi faisait sa part, en 1953, pour empêcher la destruction du sentiment d'immortalité. Ses personnages élargissaient le bassin de l'humanité et, en peuplant la terre de plus d'âmes que de corps, augmentaient sa capacité de faire échec au défaut de masse. Si l'on considère qu'en 1953, quelque 700 films montrés dans les salles de Moncton, Shédiac, Bouctouche et Richibouctou implantèrent des milliers de personnages dans l'esprit des gens de ce seul coin du Nouveau-Brunswick, à l'échelle planétaire, le cinéma constituait une force tout à fait formidable. Garde Vautour elle-même, une femme droite et forte, ne se privait pas de croire à ces personnages, à leurs joies et à leurs dilemmes, et de faire siennes certaines de leurs attitudes. Et même si elle trouvait parfois exagérées les réserves de l'Église, elle comprenait que l'Église avait beaucoup à perdre à ce nouveau jeu de l'êtreté. La concurrence était grande et Jésus-Christ, principal personnage de l'Église, risquait fort de se voir voler la vedette.

Garde Vautour constata néanmoins que l'Église savait reconnaître les bons films. Par exemple, la Centrale catholique du cinéma trouva que THE SOUND BARRIER (LE MUR DU SON, David Lean, 1952) offrait *une leçon de courage et de conscience professionnelle*, mais elle incita les éducateurs à expliquer aux enfants la grossesse de la jeune femme. La Centrale nota aussi que *la loi du silence qui lie le prêtre fut parfaitement mise en valeur* dans I CONFESS (LA LOI DU SILENCE, Alfred Hitchcock, 1953), un drame psychologico-religieux tourné à Québec, et mettant en vedette Montgomery Clift et Anne Baxter. Par contre, Garde Vautour ne savait pas quoi penser du fait que l'Église endossait le talent unique de Hitchcock à *tenir dans le doute et l'incertitude*. Elle se réjouit, par ailleurs, de voir qu'à part ses réserves habituelles face aux scènes sensuelles, l'Église ne trouva pas grand-chose à reprocher à COME BACK, LITTLE SHEBA (REVIENS, PETITE SHEBA, Daniel Mann, 1952), un drame conjugal joué par Burt Lancaster et Shirley Booth. Celle-ci remporta l'Oscar de la meilleure actrice et le prix d'interprétation féminine à Cannes pour ce rôle. Garde Vautour trouva l'Église plutôt chiche à l'égard de *la vieille fille* interprétée par Katharine Hepburn dans THE AFRICAN QUEEN (LA REINE AFRICAINE, John Huston, 1951). La Centrale n'apprécia guère que cette femme pudibonde tombe soudainement amoureuse de son compagnon, joué par Humphrey Bogart. Garde Vautour trouva aussi la Centrale peureuse en déconseillant le film pour les enfants alors qu'il offrait *de belles leçons de morale sur le devoir, le courage, l'endurance et l'influence de l'éducation sur le caractère.* Garde Vautour n'avait pas elle-même vu le film HIGH NOON (LE TRAIN SIFFLERA TROIS FOIS, Fred Zinnemann, 1952), mais son frère, lui, l'avait vu et l'avait beaucoup aimé. L'Église trouvait que ce film avait quelque mérite, notamment celui d'avoir mis en scène *un personnage principal qui fait son devoir malgré sa peur*, mais comme on pouvait s'y attendre, les autorités religieuses grincèrent quelque peu devant l'*allusion discrète à une liaison qu'avait eue le shérif avec une femme du village.* Tant l'Église que Garde Vautour apprécièrent DETECTIVE STORY (HISTOIRE DE DÉTECTIVE, William Wyler, 1951), qui faisait le portrait d'une station de police de New York par un après-midi typique. Mais la Centrale catholique de cinéma conclut quand même que cette *grande œuvre avec des images d'une parfaite moralité* ne convenait pas aux enfants. MOULIN ROUGE (John Huston, 1952), avec José Ferrer dans le rôle du peintre Toulouse-Lautrec (il joua tout le personnage sur ses genoux, les jambes attachées derrière son dos), fut condamné en des termes beaucoup plus forts, *les nombreuses liaisons de Toulouse-Lautrec, la déchéance de cet homme de génie dans l'alcool et les passions de bas étage, appelant des réserves malgré l'incontestable caractère artistique du film.* Sans doute à cause de son titre français, ce film fut projeté dans pratiquement toutes les salles des régions francophones du Nouveau-Brunswick.

✣

Et la balle revient.

Brigitte a beau se démener, tirer sur toutes les ficelles, elle se retrouve toujours au même point. Quelque chose colle à elle, quelque chose comme la balle qu'elle ne cesse de retourner, et qui ne cesse de revenir. Ou quelque chose encore comme ce présent qui ne cesse de se dédoubler, et sur lequel elle doit pourtant s'appuyer. Brigitte ne saisit pas de quelle façon elle est prise au jeu. À vrai dire, elle ne sait même pas de quel jeu il s'agit. Elle n'a pas de notion claire de ce qui est en train de se produire. Comme les enfants du voisinage qu'elle avait jadis subjugués, elle ne sait pas si elle est au bord d'une prise ou d'une perte de conscience. L'éclatement qui la paralyse lui fait découvrir une dimension interne au temps, quelque chose comme une implosion, qui la cloue sur place en même temps qu'elle lui fait faire un grand bond. Plus rien ne tient comme avant. À commencer par les mots. Qu'elle voudrait dire. À Élizabeth. Mais qui se font attendre. Ne viennent pas.

Pourtant, rien de ce qu'Élizabeth vient de raconter n'a surpris ou choqué Brigitte. Son silence n'est ni une réaction ni une réponse aux délinquances postmodernes évoquées par son amie. Si on peut parler de délinquance. Les mots sont tricheurs. Les grossesses aussi. Tomber enceinte ou attraper le SIDA. La vie ou la mort. Sinon les deux. Ou, comble de malchance, ni l'une ni l'autre. Non, rompue aux pathologies les plus diverses, rien de tout cela ne bouleverse Brigitte. Pourtant, elle voit bien que quelque chose de neuf s'en dégage. Elle voit bien que quelque chose l'a rattrapée, quelque chose qui la recherchait elle précisément, quelque chose comme le désir, dont nul n'aurait soupçonné la présence derrière cet incroyable fractionnement. Et comme électrifiée par le destin qui s'accomplit en même temps qu'il se révèle, Brigitte ne peut rien faire d'autre que laisser vivre ce moment. L'instant nucléaire existe, elle en est maintenant tout à fait certaine. Et après lui ce n'est plus ni tout à fait la vie, ni tout à fait la mort. Sans que cela constitue une sorte de sacrifice. Jésus-Christ est bel et bien mort. Et remplacé.

Mais la balle veut revenir. Et chaque balle est un défi.

Chapitre VIII
Le chemin du long retour

Une naissance sans histoire – Mg et cc de vitamines et de minéraux – En attente de la révélation de l'infime indivisible et de l'omniprésent insaisissable – Structure de désœuvrement et verticalité dans l'anonymat – Vente de chapeaux chez Creaghan's – L'ennui comme signe qui ne trompe pas – L'enchevêtrement de la liberté et le mystère des origines – Le temps comme vertu – Abandon et point de non-retour – Instance de chaleur humaine – De multiples couches de solidité – La salade des Flemming – Aménagement intérieur et jeu de miroir – Instance de désir et la balle qui ne cesse de revenir

En fin de compte, Bébé M. respecta l'échéance de novembre 1953 et se glissa dans la vie avec tous ses membres et quelques pleurs, ce qui lui valut un entrefilet dans *l'Évangéline*. Elle cachait néanmoins une anomalie congénitale du métabolisme, qui se manifesta par de légers troubles digestifs dès ses premiers jours de vie extra-utérine. Mais ces troubles digestifs disparurent en peu de temps et la maladie demeura à l'état latent pendant plusieurs mois. Elle ressurgit ensuite sous forme de bronchite, mais cette affection plutôt commune passa sans éveiller le soupçon cœliaque. Le diagnostic exact ne fut posé qu'en juillet 1954, lorsque la maladie ne trouva plus de façon de se déguiser et qu'il fallut prendre les grands moyens pour endiguer les diarrhées profuses et nauséabondes que la mère de Bébé M., désemparée de voir dépérir son enfant, n'arrivait tout simplement plus à apprécier.

La vue du corps de l'enfant, qui commençait à s'étioler et à montrer des signes de malnutrition, envoya comme une onde de choc à travers l'Hôtel-Dieu l'Assomption de Moncton. Il importait peu que l'on privilégiât une infection des voies respiratoires ou de quelconques troubles affectifs ou psychologiques comme élément déclencheur, le cas était rare. Bébé M., quant à elle, ne se rendait pas compte que son petit manège ferait vibrer jusqu'à la raison d'être de l'hôpital, voué lui aussi à la survivance des Acadiens. Déjà entièrement absorbée par l'effet de la *Nature* sur son *style*, Bébé M. n'était pas consciente de l'ampleur du branle-bas qu'elle causait, tout comme elle ne pouvait apprécier à leur juste mesure la perspicacité de son pédiatre, la chaleur des bras enveloppants de Garde Vautour et la discipline des employés de la cuisine, qui devaient coûte que coûte se résoudre à lui préparer de la purée de banane, de foie ou de poulet, et rien d'autre. À un moment donné, la cuisine fut autorisée à dévier quelque peu et à préparer une purée d'œuf, mais ce plaisir ne se répéterait jamais, Bébé M. ayant fort mal réagi à ce nouvel aliment. Quant aux autres nutriments nécessaires à la croissance de l'enfant, ils proviendraient du lait protéiné et de mg et de cc de vitamines et de minéraux.

⁘

Claude s'est donné du mal pour aménager, dans un court temps, une salle de massage dans son appartement de Toronto. Comme il n'était plus certain de vouloir reprendre ce métier lorsqu'il aboutit dans cette ville, il n'avait fait que déposer son équipement dans une pièce où il pourrait exercer sa pratique, si jamais il s'y décidait. En refermant la porte de cette pièce, il savait que son geste était peut-être définitif. Cette période de liberté qu'il s'accordait était loin d'être la première. Toute sa vie, Claude avait veillé à ne pas trop avancer à l'aveuglette, gardant pour lui-même et en lui-même cet espace où la chose nouvelle peut surgir, cette chose qui arrive en autant que l'on tende vers elle, cette chose qui porte, sans avoir de nom et sans jamais être définitive. Car dans l'éventail de l'infime indivisible à l'omniprésent insaisissable, la chose nouvelle n'a jamais fini de se produire.

C'est ni plus ni moins ce côté inconnaissable de la vie que Claude a habillé en aménageant la pièce où il se prépare à accueillir l'inconnu du bar, à qui il a implicitement offert ses services. Geste étrange, d'ailleurs. Claude ne sait pas exactement pourquoi il a tendu cette invitation. Il s'en est rendu compte sur le coup, c'était un peu comme si quelqu'un d'autre agissait à travers lui. Quoi qu'il en soit, et même s'il pressent que cette séance sera vraiment la dernière, Claude n'y mettra pas moins de cœur pour autant. Ayant toujours fait son travail avec sérieux, il ne supporterait pas une finale dans un lieu incomplet, dans une pièce où le désœuvrement aurait déjà commencé à transparaître. Il s'est donc appliqué à faire en sorte que la pièce paraisse absolument impeccable, comme si elle avait toujours existé, comme si elle existerait toujours.

Car, en effet, elle existera toujours dans l'esprit du client qui va venir, et Claude le sait.

⁘

Étant donné la nature congénitale de la maladie cœliaque, il est peu probable que les événements qui marquèrent la fin de l'année 1953 et le début de l'année 1954 aient eu un effet autre que secondaire sur Bébé M. L'importance des événements qui jalonnèrent son séjour à l'hôpital, en juillet 1954, est aussi difficile à mesurer. Outre la conclusion d'un accord sur le conflit de Trieste, *l'Évangéline* avait fait état des pourparlers visant à rétablir la paix en Indochine et de la poursuite des expériences nucléaires américaines aux îles Bikini et Eniwetok. Le journal acadien signala aussi l'euphorie provoquée par la fin du rationnement de la viande en Grande-Bretagne – rationnement qui durait depuis le début de la Seconde Guerre. Le spectre de cette guerre continuait d'ailleurs de hanter les esprits, ne serait-ce que parce que le conflit avait permis aux communistes de montrer de quel bois ils entendaient se chauffer. En Grande-Bretagne, Winston Churchill continuait de préconiser le maintien de la ligne dure face aux Rouges, et il fit en sorte que la Grande-Bretagne s'oppose, comme les États-Unis, à l'admission de la Chine Rouge aux Nations Unies. Quelques pays, dont l'Inde et la Nouvelle-Zélande, dénoncèrent ce refus, et une masse importante de Nord-Américains leur firent écho. Ces Nord-Américains commençaient à trouver que *la paranoïa communiste et la niaiserie maccarthyste* avaient assez duré.

Pour ce qui est de la région de Moncton, il n'y eut pas, en juillet 1954, de grande raison de s'émouvoir. N'eût-ce été des soldes de chapeaux chez Creaghan's (ils étaient tous réduits, même les chapeaux blancs) et de robes, de manteaux et de tailleurs chez Peake's, l'ambiance aurait été au beau fixe. Il fallait se tourner vers Shédiac pour trouver un événement plus palpitant, soit le Festival du homard. Un peu plus loin, à Percé, s'ouvrait le fameux procès du prospecteur Coffin, accusé d'avoir abattu trois Américains qui participaient à une chasse à l'ours en Gaspésie. La découverte des trois corps, en juillet 1953, s'était d'ailleurs retrouvée à la tête du palmarès des événements de l'année au Canada. La nouvelle annonçant que les célèbres quintuplées Dionne seraient de nouveau réunies suscita aussi quelque remous. Amaigrie mais souriante après avoir passé neuf mois chez les Servantes du Très Saint-Sacrement de Québec, Marie Dionne avait expliqué que l'ennui et la perte de l'appétit l'avaient obligée à quitter le cloître. Elle retournerait donc chez elle pour l'été, où elle se reposerait et réfléchirait à son avenir. Elle n'écarta pas la possibilité de retourner chez les religieuses, mais son *je m'ennuyais beaucoup* se grava dans les esprits comme un signe qui ne trompe pas.

Toujours assise dans le bureau de son amie Brigitte, Élizabeth sent que le silence a fait son temps et que quelque chose doit maintenant se produire. Elle se sent arrivée au bout de son état d'âme. Il n'y a plus rien à en extraire ou à y comprendre, du moins pour le moment. Cette impossibilité d'aller plus loin lui fait penser à la mer, lorsqu'elle se retire le plus possible de la côte, laissant de grandes étendues de sable mouillé à découvert.

Élizabeth perçoit clairement la sensation du sable dur et humide sous ses pieds. Elle voit même la mer au loin, comblée de sa respiration profonde, qui va, d'un moment à l'autre, se mettre à revenir vers le rivage. Avec une apparence de lenteur. Et des hésitations aussi. En avançant puis en reculant. Mais non sans astuce, car elle avancera toujours un peu plus qu'elle ne reculera. Comme pour déjouer quelque chose, quelque chose de trop prévisible peut-être.

Élizabeth se sent bien tout à coup. C'est comme si elle se reposait à la pensée de se voir là, sur le sable mouillé, à regarder venir la mer. Elle a soudainement l'impression que toute sa vie n'a été qu'un long préparatif à quelque ultime retour. Elle respire, refait ses forces à regarder la mer et à sentir, à ses côtés, tous ces autres qui, comme elle, se tiennent sur le bord à attendre que l'indomptable arrive et prenne sa place dans le contour du rivage. Car toute la côte a l'air d'être tournée depuis toujours vers cet éternel retour, comme si toute la vie n'était pour tous qu'un long préparatif de rencontre. Un gage de quelque chose à venir. Une assurance qu'il se créera toujours des falaises au pied des flots. Un gage que tout est annoncé, même si l'on n'en sait rien.

Ainsi la route qu'Élizabeth reprendra encore une fois vers Moncton, et vers la mer. Vers une sorte de bout du monde où elle se sent pourtant renaître. Mais avec quelque chose de plus définitif cette fois. De plus conscient. À un point tel que même son nom lui paraît moins étranger tout à coup. Élizabeth. Enchevêtrement d'êtreté, à l'image de cet enchevêtrement acadien, qui roule en liberté et que l'on ne peut qu'admirer en le regardant passer. Comme un vagabond qui suit sa route.

Vers sa prochaine destination. Qui sera peut-être une déviation. Mais une déviation sans importance au fond, puisqu'il porte sur lui ses racines. Que l'on peut essayer de démêler du reste. Si l'on veut. Entreprise souvent fastidieuse. Qui tiendrait du roman. Si le roman pouvait. Ou d'une maladie. Significative ou quelconque. Ou d'un mystère. Le mystère des origines. Que la vie donne à chacun de sonder.

Rien des événements les plus lointains aux soins les plus proches ne semblèrent avoir d'effet sur la santé de Bébé M. dans les jours qui suivirent son admission à l'hôpital. L'enfant continuait son petit train-train péristaltique, le plus oublieusement du monde, mettant à rude épreuve le sens olfactif de ceux et celles qui s'approchaient d'elle. En effet, à part les luttes intestines qui sûrement la fatiguaient, Bébé M. semblait plutôt satisfaite de pleurnicher quelques fois, de dormir et de manger, de se faire laver et soigner comme un vrai bébé. Elle ne montrait aucune intention et ne semblait faire aucun effort pour aller mieux. Ceux et celles qui la suivaient de près voyaient bien qu'il n'y avait qu'une chose à faire: compter sur le temps. Si personne ne savait d'où viendrait le revirement, tous savaient que s'il devait y en avoir un, il viendrait avec le temps.

Le temps devint donc le principal allié du médecin, de Garde Vautour, du père scripteur engagé et de la mère reine et martyre. Chacun reconnut le temps comme maître absolu de la situation, planant au-dessus de toute autre considération et au-dessus de toute intention, bonne ou mauvaise. Chacun s'exerça à cette croyance comme à une vertu, patiemment et sans rien attendre en retour. Si la récompense devait venir, elle viendrait. La vie de Bébé M., quelle que soit sa durée, serait une vie à part entière. Elle occuperait sa juste place dans la conscience des corps et des esprits. Il n'y avait pas d'autre prière possible. Rien d'autre à faire. Pas de système sur lequel s'appuyer. Rien que l'abandon. L'abandon total à ce qui arriverait. Cela ne pouvait même pas être vécu au niveau de l'attente. Cela ne pouvait être vécu qu'au présent, car seul le présent est capable de porter la vie et de l'inscrire pour toujours dans le temps.

Ce qui devait arriver arriva finalement au bout de 13 jours. Mais ces 13 jours écoulés sans progrès notable, cette longue divagation parsemée de contre-courants, tous aussi suggestifs les uns que les autres, bref cette existence tout à fait nébuleuse faisait craindre pour la santé future de l'enfant. Car la science médicale avait aussi noté que les enfants cœliaques avaient tendance à devenir hypocondriaques. Mais Garde Vautour, elle, soupçonnait autre chose. Elle craignait que l'enfant ne prenne goût à divaguer, qu'elle découvre un certain plaisir à laisser flotter son esprit au-dessus de son corps, et même à le laisser s'éloigner toujours un peu plus, juste pour voir dans quelle mesure l'âme pouvait voyager hors du corps. Elle percevait autour de Bébé M. comme une zone cœliaque, zone dans laquelle l'âme pouvait effectivement vivre sans le corps. Un peu comme les personnages de cinéma étaient capables de vivre sans chair et sans os. Garde Vautour craignait que Bébé M. ne s'aventure trop loin et traverse, à son insu, le seuil au-delà duquel il n'y a pas de retour possible. Elle trouvait l'enfant brave mais quelque peu imprudente de s'aventurer ainsi. C'est un peu à tout cela qu'elle pensait lorsqu'elle langeait l'enfant et la berçait, avant de la redéposer dans sa couchette. Elle berçait Bébé M. doucement et en silence, au cas où la simple chaleur humaine aurait pu faire une différence.

⁘

Claude ouvre la porte à celui qu'il pense être son dernier client. Et, pour une fois, Claude est davantage conscient de sa propre gêne que de celle de son client. Cette timidité n'aura toutefois pas l'occasion de s'installer, étant donné le naturel calme de l'inconnu du bar. Claude se sent déjà en pleine possession de ses moyens lorsqu'il commence à donner des indications sur sa façon de travailler. En conduisant son client vers la salle de massage, Claude précise qu'il ne fait pas de ses traitements une affaire sexuelle, mais que le massage provoque souvent une érection chez le client mâle, qui n'a pas à s'en surprendre. Il s'apprêtait à laisser son client seul dans la pièce pour qu'il se déshabille, quand l'inconnu du bar lui tend tout à coup la main et se nomme. Claude se rend compte qu'il avait jusque-là évité de se présenter. D'ailleurs, il ne le fait presque jamais. Cela lui donne l'impression de perdre toute verticalité, de fondre dans quelque chose de trop étendu, de trop diffus. Il s'est toujours senti plus grand et plus droit dans l'anonymat. Mais, devant la main tendue de l'inconnu du bar, il se présente malgré tout, car il y a toujours la possibilité que cette fois ce soit différent.

Claude n'aura pas de difficulté à entrer en rapport avec ce nouveau corps. Assez rapidement, il reprendra contact avec ce quelque chose d'essentiel et de lointain qui voyage dans l'élasticité, le velouté et la chaleur de la peau. Allant et venant dans ce long souvenir paisible qui ne demande qu'à s'éterniser, il redécouvre la justesse et le savoir de ses mains. Il avait oublié la vie et l'intelligence qui leur sont propres. Il avait aussi oublié que ce métier fait en quelque sorte surgir le meilleur de lui-même, ses connaissances et sa sensibilité se fondant alors en une certitude première, la certitude du corps. Au point d'en perdre la notion du temps. Déjà Claude doit demander à son client de se tourner sur le dos. Comme toujours, il fait attention de ne pas perdre contact avec le corps du client pendant que celui-ci exécute ce mouvement.

Au début d'un traitement, Claude fait exprès de toujours garder une main sur le corps du client afin de ne pas perdre le fil du toucher. Mais à mesure que la session avance, le sens du toucher prend de l'ampleur et la zone de contact déborde du corps proprement dit pour s'étendre à l'espace environnant. Le moindre geste devient alors un véhicule de personnalité, tant de celle du masseur que de celle du client. Dans ce sens, la façon qu'a le client de se retourner représente pour Claude un mouvement crucial, à la fois indication, point critique et moment sexuel, pour ainsi dire. Car Claude ne peut s'empêcher de lire le visage de l'âme sur la poitrine amenée, malgré elle, à s'exposer, plus ou moins timidement, dans un geste d'abandon et de confiance. Aussi, lorsque le client se retourne, le contact avec Claude ne tient plus qu'à un effleurement de la main, un accompagnement dans le mouvement, une infime délicatesse, un regard pivot, comme le danseur autour de sa ballerine.

Le dernier client de Claude vient de se retourner avec élégance sur la couche plutôt étroite, et les mains du masseur avancent maintenant de surprise en surprise sur cette poitrine aux couches multiples de solidité, mais sans rigidité aucune, sans dureté. Les mains de Claude s'y promèneraient infiniment. Comme dans le sable. Elles voudraient même se glisser sous la peau pour sentir cette matérialité de l'intérieur. Chaude. Enveloppante. Et comme emporté dans une rêverie de sensations, Claude effleure, sans faire exprès, le sexe éveillé de l'homme. Il revient alors à la réalité, délaisse peu à peu la poitrine du client pour continuer le traitement ailleurs. Regardant travailler ses mains, sentant de mieux en mieux leur souffle à mesure qu'il avance, Claude redouble à nouveau de confiance devant le miracle du corps et de l'esprit. À la fin, pour éviter que le client ne prenne froid, Claude étend sur lui un léger drap de soie. Puis, pour que quelque chose reste de tout cela, pour que le miracle ne se perde pas complètement, il pose sa main sur le sexe de l'homme, appuyant quelque peu, quelques moments, avant de s'en aller.

Garde Vautour crut d'abord au mirage lorsqu'elle aperçut Bébé M. en train de jouer dans son lit. Les 13 jours qui avaient précédé ayant ressemblé à la traversée d'un long désert, Garde Vautour refusait de croire trop vite à ce qu'elle voyait. Elle s'en serait voulu de méprendre un geste ou un gazouillis accidentel pour un esprit ludique. Elle se tint donc à distance et observa Bébé M. pendant quelques minutes. Mais elle ne s'y trompait pas. Bébé M. était bel et bien animée. Elle avait les yeux grands ouverts et bougeait joyeusement la tête et les bras. Elle s'amusait même à émettre des sons. Ne voulant toujours pas croire trop vite à ce revirement, Garde Vautour se retint d'exprimer toute sa joie. Elle fut d'ailleurs heureuse de sa prudente réserve quand, deux jours plus tard, Bébé M. retomba en pleine hyperactivité intestinale et pleurnicha même plus qu'à l'accoutumée. Mais déjà consciente, quelque part, de la puissance et de la fragilité des signes, Bébé M. n'attendit pas trop longtemps avant de relancer l'espoir de sa garde-malade. Quelques jours plus tard, elle feignit donc de s'intéresser aux barreaux de son lit. Bonne stratégie, car le surlendemain, Garde Vautour pria tout spécialement pour Bébé M. à la messe du dimanche des vocations.

Bien que croyant Bébé M. sauvée, Garde Vautour se garda de le montrer en présence de cette fille de scripteur engagé. C'était comme si la garde-malade connaissait elle aussi la puissance et la fragilité des signes. Sentant que Bébé M. risquait de mal interpréter une attention trop facile, elle joua de prudence. Les jours qui suivirent lui donnèrent en quelque sorte raison, car Bébé M. fit encore des efforts pour mal digérer, et y parvint même assez bien. Toutefois, Garde Vautour sentait que la conviction n'y était plus. Dans son for intérieur, elle était à peu près certaine que Bébé M. avait rebroussé chemin, qu'elle était sur la route du retour. L'infirmière prévoyait néanmoins que le retour serait long. Elle n'oubliait pas que Bébé M. devrait s'habituer au caractère absolument terrestre de la vie saine, une réalité qu'elle devrait aussi apprendre à digérer. Il faudrait également que Bébé M. s'habitue à ne pas savoir d'où elle revenait au juste. Il lui faudrait s'habituer à vivre en se contentant, comme tout le monde, de contempler de loin ses origines. Et plus Bébé M. avancerait sur la route du retour, plus elle oublierait ce qu'elle laissait derrière. Elle devrait donc se faire aussi à l'idée d'oublier. Garde Vautour garda l'œil ouvert sur ces diverses opérations de détachement. Il fallut encore une semaine avant que tous les éléments du processus se coordonnent et se mettent au pas. Tous, le médecin, l'infirmière, le père scripteur engagé et la mère reine et martyre, guettaient un point de démarcation clair, un signe ultime de guérison. Maintenant qu'il y avait de l'espoir, ils commençaient à avoir hâte de quitter le sanctuaire du temps pour attendre de la vie des choses plus habituelles qu'une enfant en proie à l'écriture d'un roman à l'eau brune. Ils en avaient presque assez d'être bafoués par le point de vue orbital qui donnait à Bébé M. une longueur de découragement ou de réjouissance d'avance sur les autres humains.

Le signe que tout le monde attendait arriva enfin et comme de raison personne ne s'y trompa, surtout pas Garde Vautour. Bébé M., qui jusque-là était toujours restée couchée sur le dos, se tourna d'elle-même sur le côté. Garde Vautour n'oubliera jamais la vue du petit dos arrondi de l'enfant qui n'avait jamais montré ni force ni désir de changer de position. Sans aucune aide, Bébé M. s'était retournée sur elle-même comme pour se blottir dans le creux de la vie. Ce quart de tour prit bien sûr les proportions d'un événement majeur et envoya une nouvelle onde de choc à travers l'Hôtel-Dieu l'Assomption. À la cuisine, les employés débouchèrent les pots de cerises et en mirent sur tous les desserts parce que l'enfant vivrait. Ce jour-là, *l'Évangéline* eut beau parler d'une démente qui avait poignardé un prêtre à l'autel et de la nécessité de rationner le travail, rien, plus rien n'empêcherait la vie de Bébé M. de suivre son cours.

On garda Bébé M. à l'hôpital encore quelques jours, question d'affermir un peu son désir de vivre. Ses entrailles continuaient de brasser les aliments dans tous les sens, mais ce branle-bas n'avait plus la même importance. Il faudrait dorénavant considérer comme relativement normal son abdomen distendu et ses excréments mous, graisseux et nauséabonds, et espérer que ce comportement plutôt étrange s'efface avec le temps. En reprenant son enfant des bras de Garde Vautour, la mère de Bébé M. ne se rendait pas compte de tout ce que cela voudrait dire, mais elle se sentait prête. Le médecin lui avait expliqué que cette originalité de Bébé M. pourrait mettre des années à se transformer et à s'exprimer plus proprement. La mère de Bébé M. savoura un premier petit répit le soir même quand, après le souper, nourrie et lavée, Bébé M. s'endormit paisiblement dans la couchette installée dans le coin de la cuisine. Assise tout près dans la berceuse, l'âme en paix, la mère feuilleta *l'Évangéline*, s'arrêtant au détail de la salade que madame Hugh John Flemming préparait pour son mari, le premier ministre du Nouveau-Brunswick. L'article était publié à l'occasion de la semaine de la salade. Plus loin, elle lut qu'un jour la terre serait nourrie par la mer, et que les enfants des cultivateurs vieilliraient comme les autres. Elle se mit alors à penser à ses propres enfants, qui se réjouiraient, le lendemain, de la présence de leur père, à moins d'un imprévu journalistique bien sûr. Ayant récemment appris à allumer la radio, l'aînée des cinq venait d'ailleurs d'ouvrir le poste et la voix d'or de Luis Mariano emplissait la pièce d'un exotisme ressemblant à de l'espoir.

⁂

Toujours assise en face de son amie Brigitte, Élizabeth n'arrive pas à parler des images et des sensations pacifiantes qui se sont insinuées en elle. Elle se sent impuissante à manier les mots pour qu'ils traversent, sans se rompre, l'énorme structure de béton qui les encadre, son amie et elle. Quelque chose veut pourtant sortir de cette incommunicabilité. Quelque chose qui serait la petite chose encore communicable, qui trancherait l'épaisseur du moment et remettrait la vie en marche. Mais n'y voyant pas très clair, Elizabeth se résigne à informer son amie qu'elle se fera couper les cheveux puis qu'elle repartira pour Moncton. Ces paroles font presque sursauter Brigitte. Elle s'étonne de la désinvolture de son amie, qui a toujours été réticente à modifier sa chevelure. Prise au dépourvu aussi par ce départ qui lui semble précipité, Brigitte cherche d'où lui vient l'impression lancinante que ce départ laissera quelque chose d'inachevé. Elle est tout à coup éveillée à une sorte d'hyperprésent, et à la nécessité soudaine d'un certain réaménagement. Elle n'avait pas vu venir ce réaménagement, qui la concerne directement, qui déplace en fait tout son mobilier intérieur, la laissant en suspens entre deux chaises, celle de l'affection et celle du désir. Surprise. Petit saut du cœur dans le vide. Éclat de rire de Brigitte, qui ne peut retenir ce rire de l'amour en regardant Élizabeth chercher le numéro du salon de coiffure dans l'annuaire. Se lève. Prend Élizabeth par le bras et la mène devant le miroir de son placard.

Debout derrière Élizabeth face au grand miroir, Brigitte rassemble les cheveux de son amie de sorte à créer l'effet de cheveux courts. Élizabeth tourne la tête d'un côté et de l'autre, Brigitte essayant de trouver avec elle jusqu'à quel point il faudrait dégager. Dégager. Voir dans le regard de Brigitte la chose qui traverse la réalité du moment, la chose qui porte beaucoup plus en avant que le moment présent, la chose qui fait qu'Élizabeth et Brigitte se regardent, se regardent vraiment. Et ce regard est bon. Il est clair et il est franc. Il soutient à lui seul la main de Brigitte qui a caressé, mais à peine, le côté du visage d'Élizabeth. Puis le cou, à peine. Jusqu'à s'étendre, s'allonger, se déployer un moment sur la poitrine, avant de retrouver son chemin, la ligne droite le long du sternum. Les deux femmes. Sans trop savoir ce qui est en train de se dire, mais laissant cela se dire. La main de Brigitte suivant toujours la ligne droite, sur le ventre, le bas du ventre, jusqu'à presser un peu, un tout petit peu, le mont du désir. Sans que jamais leurs yeux ne se quittent. Car il n'y a pas d'ailleurs.

La balle a beau revenir, et une autre, et une autre encore, Brigitte n'accourt pas.

Épilogues

Instinct de privation et instinct de survivance de la famille royale – Jardins de Frogmore et de Buckingham – Des raccords solides pour la continuité – Écriture et incommunicabilité – Optimisme ou pessimisme de Samuel Beckett – Alfred Nobel et la folie poétique pure – Science et langage : une relecture de la radioactivité – Le treizième train – Nouvelle coïncidence mariale en Acadie – 300 jours d'indulgence et un gaufrier à deux places – Perspective aérienne du désir – Tôt ou tard la balle – Un travail colossal de mise au monde – Relecture du naufrage de *l'Évangéline* et parabole de l'effort réparateur – La pulsion Corfu – L'indifférencié primordial et dangers d'une image déformée de soi – Le règne du nécessaire

Le duc de Windsor paya jusqu'à la fin de ses jours le déshonneur dont sa famille le rendit coupable. Ce déshonneur était d'autant plus grand qu'à la fin de la Première Guerre, la famille royale était devenue le modèle par excellence des qualités de la race anglaise. Ce prestige était au moins en partie dû à George V, père de celui qui serait rétrogradé au rang ducal. Car cet homme *rempli de bon sens et pénétré de ses devoirs* avait posé des gestes qui avaient eu pour effet de renouveler la confiance des sujets britanniques envers la couronne. En 1915, par exemple, lorsque les Anglais commencèrent à s'inquiéter des effets de l'alcoolisme sur leur nation, George V décréta que sa famille et sa cour s'abstiendraient de consommer des boissons alcoolisées jusqu'à la fin de la guerre. Il ne s'agissait pas d'une mince décision, car tous savaient que le roi *était loin d'être hostile à la bouteille*. Les sujets, eux, continuèrent à boire tout autant, mais *ils n'en furent pas moins reconnaissants au monarque de s'être imposé une privation dont ils mesuraient la dureté*. Ensuite, deux ans plus tard, lorsqu'il devint particulièrement mal vu d'être lié de près ou de loin à l'Allemagne, George V décida de remplacer le nom de sa dynastie – la dynastie de Hanovre – par le nom typiquement anglais de Windsor, et suggéra aussi *à ceux de ses cousins qui portaient un patronyme germanique de le tronquer contre un autre de consonance anglaise*. Ces mesures, ainsi que le fait que les fils aînés du couple royal *portassent l'uniforme et qu'ils fussent parfois exposés à recevoir un éclat d'obus*, propulsèrent la famille royale dans tous les cœurs de la nation. Néanmoins, il y avait un prix à payer pour cette place de choix. Il fallait en somme que la famille royale accepte d'être vertueuse à la place des Anglais eux-mêmes, qui commençaient à prendre goût à une certaine liberté de mœurs. Fort de l'amour de sa bien-aimée Wallis, Edouard VIII refusa de se plier à ce petit jeu de pureté par procuration. Comme conséquence, il vécut toute sa vie accablé de l'opprobre de sa famille. Même Elizabeth II, en dépit de toutes ses qualités, ne se montra pas très disposée à oublier le passé et à établir des relations ouvertement cordiales avec son oncle le duc et son épouse la duchesse.

Toutefois, en 1960, au terme de négociations délicates, la reine acquiesca à une requête du duc, qui voulait être enterré, en temps et lieu, avec sa femme, dans les jardins de Frogmore qu'il aimait tant. Puis, en 1964, la reine envoya des fleurs à son oncle, qui avait subi une chirurgie cardiaque dans un hôpital du Texas. Trois mois plus tard, lorsque le duc dut se soumettre à une intervention occulaire dans une clinique de Londres, la reine lui fit parvenir vin et foie gras, avant de lui rendre visite en personne. Elizabeth II revit alors la duchesse de Windsor pour la première fois depuis 1936. Dans le feu de l'action, la reine alla jusqu'à autoriser le duc à se promener dans les jardins de Buckingham, en compagnie de son valet, pendant sa convalescence. Enfin, trois ans plus tard, en 1967, un vœu très cher au duc fut finalement exaucé, vœu que le duc avait exprimé en 1940, quelques années après son mariage avec madame Simpson. Dans l'espoir qu'une réception royale officielle ferait taire les mauvaises langues qui répandaient toutes sortes de ragots au sujet de la duchesse, le roi déchu avait demandé à la famille royale pétrifiée de recevoir son épouse *ne serait-ce que pour quinze minutes.* Quatre jours après leur 30e anniversaire de mariage, le duc et la duchesse participèrent donc, pour la première fois, à une cérémonie royale en tant que mari et femme. Le couple fut autorisé à prendre place dans la première rangée, à côté de la reine Elizabeth, son époux le prince Philippe et la reine-mère. La cérémonie, le dévoilement d'une plaque commémorative en l'honneur de la reine Marie, dura précisément 15 minutes.

Selon le biographe Michael Bloch, aucune autre invitation du genre ne fut faite au couple Windsor jusqu'à la mort du duc, en 1972. Cet hiver-là, la santé du duc se détériora grandement, causant bien de l'embarras aux diplomates britanniques en poste à Paris, où vivaient le duc et la duchesse. Ces diplomates avaient reçu l'ordre de s'assurer que l'oncle tombé dans la disgrâce ne mourût pas pendant une visite officielle d'Elizabeth II à Paris. Les autorités britanniques craignaient que la mort du duc à ce moment-là nuisît à la mission cruciale que devait accomplir la reine dans le cadre des négociations sur l'éventuelle création de la Communauté économique européenne. L'ambassadeur de Grande-Bretagne à Paris alla jusqu'à rendre visite au médecin du duc pour lui dire qu'il serait correct que le duc meure avant ou après la visite, mais pas pendant celle-ci. En fin de compte, le duc survécut au séjour de la reine, qui vint même lui rendre visite. Bien que très malade, le duc refusa que sa nièce le vît en pyjama dans son lit. Le personnel infirmier aida donc le duc à se vêtir convenablement et à s'asseoir dans une chaise du salon attenant à sa chambre. Les tubes intraveineux furent dissimulés sous ses vêtements et l'on cacha le support intraveineux derrière un rideau près de la chaise. Le personnel infirmier resta cloué d'effroi lorsque le duc, malgré sa grande faiblesse, se leva pour saluer la reine à son arrivée. Ce mouvement n'avait pas été prévu et les soignants craignaient de voir s'effondrer l'installation trompe-l'œil. Mais il y eut plus de peur que de mal car tous les raccords tinrent bon. La visite dura une quinzaine de minutes. La santé du duc se dégrada rapidement dans les jours qui suivirent et le cancer l'emporta 10 jours après qu'il eut salué sa nièce Elizabeth, qu'il ne renonça jamais à considérer comme sa souveraine. Comme quoi les chemins de la continuité sont absolument méconnus.

⁂

Il y aurait fort à dire sur l'impuissance d'Élizabeth à communiquer à son amie Brigitte l'essentiel des images qui ont traversé l'écran de son esprit pendant le silence qui a précédé la scène du miroir. De prime abord, il serait tentant d'attribuer cette situation d'incommunicabilité à une certaine paresse de la romancière. Mais un retour sur l'année 1953 fournit un éclairage beaucoup plus nuancé. En effet, en 1953, alors qu'on couronnait Winston Churchill du prix Nobel pour ses qualités d'homme de lettres et pour ses discours enflammés sur la liberté et la dignité humaine, en cette année de souffle et de parole donc, Samuel Beckett, lui, publiait *L'innommable.* Cet écrivain qui finira par décrire *une grande bouche idiote... qui parle en vain* sera lui aussi nobélisé, mais seulement en 1969, et pas sans vive discussion au sein du Comité Nobel. Tout y passa, des intentions premières d'Alfred Nobel à la portée véritable de la littérature. Le processus de reconnaissance du travail de Beckett fut d'ailleurs un point tournant pour l'Académie suédoise des lettres, car il provoqua des changements importants dans la façon dont l'Académie se pencherait désormais sur une œuvre littéraire.

Le déchirement qui éclata au grand jour lors de l'attribution du prix Nobel de littérature à monsieur Beckett avait déjà commencé à germer sous forme de malaise au moment de la nobélisation de Churchill. Pour résumer, il suffit de dire qu'après Churchill, l'Académie suédoise ne récompensa plus jamais d'écrivain essentiellement historien, et plus jamais de candidat exerçant des fonctions politiques officielles, ce qui défavorisa André Malraux et Léopold Senghor. Mais ces décisions ne reflétaient que partiellement le dilemme du Comité du prix Nobel de littérature d'après-guerre, dilemme dont le pendule oscillait entre la reconnaissance du travail des maîtres par opposition à celui des novateurs. Des maîtres, on louangeait la puissance et l'intensité (Russell en 1950, Lagerkvist en 1951, Mauriac en 1952, Churchill en 1953) ; des novateurs, on prisait l'audace qui permettait de renouveler une langue, un style ou une forme (Hesse en 1946, Gide en 1947, Eliot en 1948, Faulkner en 1949). Au bout du compte, les novateurs dominèrent largement la période d'après-guerre, c'est-à-dire les années 1946 à 1960. En 1954, Hemingway fut qualifié à la fois de maître et de novateur, Laxness en 1955 et Jiménez en 1956 furent des novateurs, tout comme Pasternak en 1958, Quasimodo en 1959 et Saint-John Perse en 1960. La place de Camus dans ce portrait est difficile à saisir. Nobélisé en 1957, il aurait surtout été un écrivain de son temps, couronné en son temps.

La reconnaissance des novateurs s'essouffla un peu dans les années 60. Selon Kjell Espmark, historien du prix Nobel de littérature, cet essoufflement n'est pas étranger à la nature même de l'innovation, qui, une fois amorcée, ne peut durer longtemps. Ainsi, Neruda (1971), Martinson (1974) et Milosz (1980) *ne font pas partie de l'époque héroïque du modernisme mais de la période où il récolte ses lauriers.* Pour ce qui est de Beckett, même s'il était un novateur, son œuvre exigeait que l'on innove par rapport au critère même d'innovation. En somme, la question se posait à savoir si Beckett était un optimiste ou un pessimiste et, dans le même sens, si son œuvre pouvait être considérée *à tendance idéaliste*, comme l'avait exigé Alfred Nobel. En fin de compte, il fut démontré que la notion d'idéalisme épousait celle de l'intégrité et qu'à ce titre, même *située au voisinage du néant*, l'œuvre de Beckett *renferme un amour du genre humain qui se charge de plus en plus de compréhension au fur et à mesure qu'il plonge dans l'abjection.* Un autre défenseur de Beckett démontra que *par pur effet de contraste, le mythe de l'anéantissement cher à Beckett se colore de mythe de la création*, ce qui a pour conséquence de rendre le néant *d'une certaine façon libérateur et stimulant.*

Le caractère optimiste ou pessimiste d'une œuvre littéraire ne fut plus jamais sérieusement considéré après la nobélisation de Beckett, et quand l'œuvre de Claude Simon passa à son tour au crible de la nobélisation, en 1985, on ne s'attarda pas indûment à sa *fixation sur la violence et la domination brutale.* Les juristes reconnurent en lui l'un des chefs de file du nouveau roman français et misèrent sur le fait qu'il avait su enrichir l'art épique d'*une toile très serrée et suggestive de mots, d'événements et de milieux, avec des glissements et des rapprochements d'éléments amenés par une autre logique que celle qu'impose la continuité réaliste du temps et de l'espace.* De toute façon, dans la période qui sépare la nobélisation de Simon de celle de Beckett, les membres du Comité Nobel de l'Académie suédoise des lettres avaient fait prendre un virage pragmatique à leur souci de novation. Armés des termes *fécond*, *productif* et *prometteur*, ils n'hésitaient plus à sortir les pionniers de l'ombre pour les porter à l'attention du public international parce qu'ils jugeaient que la récompense des récompenses littéraires devait être utile tant à l'humanité qui écrit qu'à celle qui lit.

⁂

Aussi capital que soit le prix Nobel de littérature, la plupart des écrivains se consolent facilement de ne pas en être gratifiés, car ils et elles sentent en partant que toute récompense leur viendra de la poésie elle-même. L'intention d'écriture découle de cette inexplicable espérance qui fait de la vie le fruit d'une folie poétique tout aussi pure que le testament d'Alfred Nobel. De la même façon que le testament de monsieur Nobel montre toute l'importance attachée à ce qui est écrit, gravé pour la suite des temps, tous les écrits ont quelque chose de testamentaire. Ils perpétuent tous la vie dans un au-delà qui s'ouvre parfois à la parole mais sur lequel seul l'écrit peut bâtir. Ainsi, l'écrivain ne vise pas par ses écrits à s'enrober de quelque banale immortalité personnelle, mais à s'inscrire dans la force qui avance, comme dans un courant ou un mascaret – pourquoi pas ! – remuant les poissons et les algues pour les oiseaux de rivage qui les attrapent au vol, pressés qu'ils sont eux aussi de faire échec au défaut de masse. Le défaut de masse. Quelque chose comme l'âme débarrassée de toutes ses ficelles et entièrement libre de naviguer dans les sphères, flottement merveilleux et surnaturel, où la question de l'origine et du sens ne se poserait plus.

Mais le testament d'Alfred Nobel a fait plus que confirmer l'œuvre écrite dans son aura. Parce qu'il était un génie et parce qu'il avait les moyens de son génie, monsieur Nobel a concrétisé la noce de l'inextricable mariage de la science et du langage. Car depuis toujours la science et la poésie puisent dans les mêmes mots pour s'exprimer l'une à l'autre, créant ensemble le bassin du réel, réduisant parfois à rien l'écart entre le langage de la science et la science du langage. Comme Élizabeth et Brigitte, lorsque leur trajectoire se croise. D'ailleurs, tout le phénomène de la radioactivité est rarement, sinon jamais évoqué dans l'optique de la petite merveille poétique qu'il est. Dans un monde qui ne jure que par l'effort de connaissance, on n'insiste peut-être pas assez sur le fait que les noyaux de certains atomes émettent *spontanément* des rayonnements, et que le caractère principal de la spontanéité est de se produire sans contrainte. Il y aurait aussi quelque leçon à tirer de la force de ces émanations spontanées. Des rayons alpha, on retiendra qu'ils peuvent être bloqués par quelques centimètres d'air ou une feuille de papier. Une feuille de papier, encore de la poésie ! Les rayons bêta, eux, peuvent traverser une plaque métallique de quelques millimètres. On s'en doute, ce sont des fonceurs. Avec ou sans prix Nobel, ils s'acharneront toute leur vie à se frayer un chemin, à traverser la frontière. Car dans l'univers scientifique comme dans l'univers langagier, tout est affaire de frontière, tout est marche vers l'avant. Quant aux rayons gamma, de même nature que les rayons X, aussi bien dire que rien ne les arrête, même pas des dizaines de centimètres de béton. Incontournables, ils s'érigent rapidement en absolus et deviennent à leur tour les nouvelles frontières à abattre. Enfin, le fait que ces émissions spontanées peuvent être nocives au corps humain démontre que l'humanité n'est à l'abri de rien. Dans ce sens, l'intention d'écriture n'est peut-être pas autre chose qu'une arme, un réflexe de protection, un rayonnement spontané dirigé vers l'insondable, à la fois souffle et conjugaison, désir de poésie et poésie du désir.

⁂

Selon *l'Évangéline*, le chanteur américain Hank Williams mourut le premier janvier 1953, terrassé par une crise cardiaque à Oak Hill, en Virginie, en route vers l'Ohio, où il devait donner un concert. À la fin du même mois, les Russes, eux, perdaient leur concession de 25 ans sur le caviar des eaux iraniennes de la mer Caspienne, l'Iran ayant décidé de ne pas renouveler l'entente afin de se lancer elle-même dans ce commerce lucratif. Au printemps, Jackie Robinson, le premier Noir à être admis dans la ligue majeure de baseball, annonça qu'il mettait fin à sa carrière. Quelques jours plus tard, les jazzmen Tommy et Jimmy Dorsey se réunissaient après une chicane de 20 ans. Au Canada, pendant ce temps, les cultivateurs s'apprêtaient à ensemencer 26 millions d'acres de blé et 9 millions d'acres d'orge. Dans les Prairies, cela donnerait une récolte de 600 millions de boisseaux de blé, la seconde en importance dans l'histoire du pays. D'ailleurs, à la fin de l'année 1953, le Canada fut de nouveau couronné producteur du meilleur blé de l'année, décrochant cet honneur pour la 25e fois en 30 concours. Or, rien ne pouvait être plus néfaste pour une enfant à tendance cœliaque que le gluten présent dans le blé et les autres céréales. Néanmoins, c'est tout autre chose que le gluten qui remua les entrailles des parents de Bébé M. et de Garde Vautour ce printemps-là. En effet, en Louisiane, où vivait une branche importante du rameau acadien, des chauffeurs d'autobus déclenchèrent une grève parce qu'un nouveau règlement permettait dorénavant aux Noirs de s'asseoir à l'avant de l'autobus lorsque les sièges arrière étaient pris.

Les gens de la côte atlantique regardèrent avec le même étonnement mêlé d'incompréhension le conflit causé par la présence d'une secte religieuse russe, les Doukhobors, dans les vallées de Kootenay et de l'Okanagan, en Colombie-Britannique. Ces *fils de la liberté* étaient soupçonnés d'avoir allumé plus d'une vingtaine d'incendies et de vouloir dynamiter des ponts ferroviaires et autres tronçons du Canadien Pacifique dans cette région. Les autorités avaient emprisonné les 150 membres de la secte qui avaient paradé nus devant l'école de Perry Siding, où le gouvernement avait assigné leurs enfants. Pour une raison ou une autre, les Doukhobors ne voulaient pas envoyer leurs enfants à l'école. En prison, ils entreprirent une grève de la faim. Au sixième jour de cette grève, ils n'avaient toujours pas reçu *le mot de Dieu qui marquerait la fin de la faim*. Au huitième jour, ils demandèrent des fruits. Sans préciser si les Doukhobors avaient reçu ou non leur mot divin dans cet entre-temps, *l'Évangéline* passa à la découverte de la véritable source de l'Amazone, le turbulent fleuve Apurimac, puis au vagabond de l'univers, Michael Patrick O'Brien, qui trouvait enfin terre d'asile en République Dominicaine. L'ex-barman de Shanghai vivait sur des cargos et traversait les mers depuis trois ans parce qu'aucun pays ne voulait le recevoir.

Le sens de tout cela? L'Anglais George Lesley résuma le mieux la situation lorsqu'il fut hospitalisé à Dartford pour une fracture à la jambe et autres blessures *après être resté couché entre deux rails, incapable de rien faire, pendant que 12 trains passaient au-dessus de lui*. Lesley, qui n'avait pas perdu connaissance pendant tout ce temps, s'était déclaré heureux que le treizième train ne soit pas venu, car il était certain que cela aurait été malchanceux pour lui.

⁘

Pour les Acadiens rompus aux coïncidences mariales, l'année 1953 n'aurait pas pu mieux finir que par la proclamation, par le Saint-Père lui-même, de l'Année Mariale. En fait, avec cette annonce, c'était comme si l'année n'allait pas finir du tout. Elle ne ferait que se glisser dans un lent et long crescendo, qui commencerait dans la nuit du 7 au 8 décembre, et se terminerait exactement une année plus tard, le 8 décembre 1954, jour du 100e anniversaire de la définition dogmatique de l'Immaculée Conception de la Mère de Dieu prononcée par le pape Pie IX. En cette année mémorable, le Pontife infaillible avait déclaré que *la doctrine selon laquelle la Bienheureuse Vierge Marie a été, dès le premier instant de sa conception, par une grâce et un privilège singulier du Dieu tout-puissant, et en prévision des mérites de Jésus-Christ, Sauveur du genre humain, préservée et exempte de toute tache du péché originel, est une doctrine révélée par Dieu et qu'elle doit en conséquence être crue fermement et inviolablement par tous les fidèles*. Pour marquer l'inauguration de cette *petite Année Sainte*, une messe serait célébrée à minuit trente dans nombre de paroisses, et les fidèles à jeun depuis minuit pourraient y communier, à condition d'avoir prié pour les intentions décrétées par le Saint-Père pendant au moins deux heures avant (la durée de la messe pouvant faire partie de ce décompte). Ces intentions s'adressaient d'abord aux jeunes, *pour qu'ils s'appliquent à mortifier leurs passions, à pratiquer la pureté et à ne pas se laisser corrompre par l'esprit du monde*, puis aux personnes d'âge mûr, *pour qu'elles se distinguent par l'honnêteté, la fidélité au foyer domestique et le souci de bien élever leurs enfants*. Elles s'adressaient ensuite à la Mère de Dieu, lui demandant d'intervenir pour que les affamés, les opprimés et les réfugiés retrouvent la justice, la paix et la patrie. On prierait aussi pour la liberté de l'Église, *pour que Dieu, par l'intercession de Marie, brise les liens qui entravent la liberté des consciences* et pour qu'Il redonne aux pasteurs emprisonnés ou dispersés *le bonheur de retourner au milieu de leur troupeau.* Finalement, on prierait pour l'avènement de la paix, sous le patronage de la Bienheureuse Vierge qui donna au monde le Prince de la Paix. L'inauguration de l'Année Mariale se poursuivrait dans la journée du 8 décembre 1953, à Rome, où un demi-million de personnes verraient Sa Sainteté Pie XII parcourir le trajet de quatre milles séparant la basilique Saint-Pierre-de-Rome de la basilique Sainte-Marie-Majeure. Il était prévu qu'à l'arrivée de la voiture du pape à Sainte-Marie-Majeure, les femmes agiteraient des mouchoirs pour commémorer la chute de neige par laquelle la Vierge Marie avait indiqué l'endroit où construire la basilique.

Dans l'archidiocèse acadien, où le centième anniversaire du dogme de l'Immaculée Conception correspondait aussi au cinquantième anniversaire du couronnement de la Madone nationale, l'invitation à célébrer l'Année Mariale s'imposait comme un ordre. Une lettre pastorale, envoyée à tous les directeurs du culte, énumérait toutes les façons de souligner la gloire de Marie : élévation d'un sanctuaire marial propre à chaque église, dans un endroit facilement accessible ; élévation d'un sanctuaire marial dans chaque foyer ; conférences, sermons et instructions sur la dévotion mariale ; récitation quotidienne du chapelet en famille ; neuvaine préparatoire mensuelle et récitation des Litanies de Lorette le premier samedi du mois ; récitation de la prière de l'Année Mariale chaque dimanche et fête d'obligation de l'année et, en octobre, renouvellement des promesses de la Croisade du rosaire ; et finalement, participation des élèves à des concours, essais, séances, maquettes et albums marials. La lettre pastorale fournissait aussi aux prêtres un choix d'oraisons indiquées, les invitait à participer à des journées et à des pèlerinages marials et les exhortait à développer une atmosphère mariale dans leur paroisse et dans tout l'archidiocèse. Elle demandait aussi aux prêtres d'informer les fidèles du programme d'indulgences de l'Année Mariale, l'invocation *Ô Marie conçue sans péché, priez pour nous qui avons recours à vous* valant à elle seule 300 jours d'indulgence. L'essentiel de cette lettre pastorale fut publiée dans *l'Évangéline* du 7 décembre 1953. Une réclame de la compagnie Moncton Plumbing occupait le reste de la page. Elle suggérait aux lecteurs et lectrices d'électrifier leur vie avec les merveilles modernes et d'acheter, pour Noël, un réfrigérateur ou une machine à laver Westinghouse, ou encore un fer à repasser, un grille-pain ou un gaufrier à deux places.

De retour à son bureau après avoir reconduit Élizabeth à l'ascenseur, Brigitte est debout devant la grande fenêtre et regarde le mouvement des passants en bas dans la rue. Elle attend de voir apparaître Élizabeth, qui se glissera d'un moment à l'autre dans ce tourbillon de la vie. Elle croit savoir la direction qu'empruntera son amie. Elle imagine déjà sa démarche et son long manteau. Elle croit aussi sentir son vague à l'âme caractéristique, humeur que Brigitte ne connaît pas souvent, tellement le jeu de la découverte la garde en mouvement. Puis lui vient à l'esprit cette fameuse mise en scène de son enfance. Elle se revoit seule sur la grande mer en train de personnifier l'amour. Elle revoit aussi les visages stupéfaits des enfants du quartier, qui semblaient comprendre exactement ce drame de l'amour et de la solitude. Tout comme s'ils pouvaient comprendre ce qui est grand et qui échappe pourtant, ou ce qui échappe à l'instant pour se greffer à l'éternité. Et pendant un moment, Brigitte saisit de nouveau le côté double et simultané de toute expérience. Permanence et impermanence. Ce qui se joue et ce qui se transmet. Ce qui se transmet et ce qui poursuit pourtant sa route à tout jamais. L'ADN et le destin de chacun, son heure juste, son moment de vérité.

Balançant entre un sentiment général de magnitude et l'impression que chaque vie humaine ne tient pourtant qu'à un filon ténu, Brigitte voit Élizabeth surgir enfin de l'ombre des immeubles. Elle a l'impression de la voir sortir des entrailles de la terre. Elle la suit des yeux, la regarde s'en aller de dos, montant sans trop se presser la plus romantique des avenues. Elle sait la lumière d'automne qui éclaire son visage. Elle entend une musique, voit un film, sent une histoire, peut-être même l'Histoire, dans cette projection à la frontière du réel et de l'imaginaire. Puis Élizabeth disparaît dans une rue de côté. Brigitte en reste à la fois paisible et désorientée. Ne sachant plus trop à quoi revenir, elle regarde au fond du court. Quelque chose vascille. Elle voit pourtant la balle. Elle rebondit par-ci, par-là, mais sans venir dans sa direction. Comme si la balle s'était mise à jouer son propre jeu. Brigitte regarde encore. Attend. Attendra. Que la balle se décide. Que la balle revienne.

Car chaque balle est un défi.

✣

Se remémorant le travail d'arrache-pied qu'exigeait la publication du quotidien *l'Évangéline* dans les années 50, le père de Bébé M. avoua plus tard que rien ne lui paraissait moins assuré que la survie du journal. Plusieurs facteurs pris individuellement étant d'un poids suffisant pour ébranler l'entreprise, le père de Bébé M. voyait venir la débandade *si le hasard ou la mauvaise fortune, ou la simple loi des probabilités avait conjugué deux facteurs.* Le scripteur engagé et ses collègues travaillaient donc surtout à repousser l'échéance fatidique. Et si l'équipe se renouvela en cours de route, la publication du quotidien *l'Évangéline* demeura toujours une aventure, une aventure qui dura de septembre 1949 à septembre 1982.

Les conditions de travail de ces *ouvriers de la première heure* étaient bien sûr très modestes. Des salaires et des machines à écrire à l'ancienne ponctuaient des journées presque sans fin, le recul que procurait le congé du samedi ne faisant que rendre le dimanche un peu plus insupportable. Ce jour-là, la tâche prenait l'allure d'un monstre dont on ne viendrait jamais à bout. Le père de Bébé M. se souvient, une fois, s'être *croisé les bras sur le pupitre, au milieu de tas de papier et, la tête tombée, avoir pleuré comme un enfant.* Ému, un compagnon de travail qui l'avait aperçu dans cet état avait jugé préférable de ne rien dire. Deux heures plus tard, l'élan était pourtant retrouvé dans cette salle de rédaction où toutes les dépêches arrivaient en anglais exclusivement. Il ne fallait donc pas avoir de dégoût pour la traduction, ni pour les tâches humbles comme la rédaction des petites nouvelles de paroisse ou des chroniques sportive et judiciaire. Il fallait aussi apprendre à parler à la vieille presse rotative comme à un cheval de course et l'encourager à se rendre jusqu'au bout. Il va de soi que dans ces conditions dévastatrices de capital humain, *rien ne rendait une absence facile à accepter.* Le scripteur engagé travailla donc comme d'habitude le jour et la nuit de la naissance de Bébé M., signant les deux éditoriaux du journal du lendemain.

Tout comme on peut comprendre la réticence de l'Anglais George Lesley à l'égard du treizième train sans faire le procès des projections, des croyances et des superstitions humaines, on peut admirer le parallèle qui existe entre la durée du quotidien *l'Évangéline* et celle du passage de Jésus-Christ sur terre, c'est-à-dire 33 ans. Un numérologue acadien aurait ici de quoi s'en donner à cœur joie. D'autres aventures d'interprétation pourraient aussi porter sur le rôle parallèle de *l'Évangéline* et de l'ADN comme supports d'hérédité, ou encore sur la constance des doubles que reproduisent l'aspect du chiffre 33, la nature double de Jésus-Christ (un dieu fait homme) et la double spirale de la molécule d'ADN. Bien sûr, cette liste d'analyses possibles n'est pas exhaustive. Une fois que l'on s'y met, les parallèles, comme les voies ferrées, sont pratiquement sans fin. D'ailleurs, en plus de constituer la base de l'industrie du rail, le parallèle est aussi à la base de la pellicule cinématographique, qui a eu sur l'humanité des répercussions aussi décisives que le rail. Quant au parallélisme en écriture, il date de bien plus d'un siècle ou deux. On n'a qu'à se rapporter aux Saintes Écritures, et plus particulièrement aux paraboles de Jésus-Christ, qui sont essentiellement des comparaisons, c'est-à-dire des opérations de mise en parallèle d'une chose par rapport à une autre. Il faut dire que dans le cas des paraboles, il faut souvent entreprendre une longue réflexion pour comprendre où le Christ voulait en venir. Certaines d'entre elles exigeraient qu'on y consacre toute sa vie. À moins d'être romancier, il vaut mieux dans ces cas ne pas trop s'en faire. Un excès de culpabilité nuit à l'effort réparateur, même si on ne sait pas ce qu'il y a de brisé au juste.

⁘

Élizabeth est assise à une petite table sur une terrasse ensoleillée de l'île de Corfou. Elle vient enfin de voir la célèbre Méduse à chevelure de serpents, devenue ici monstre mythologique symbolisant *la pulsion spirituelle et évolutive... pervertie en stagnation vaniteuse*. Il y a longtemps qu'Élizabeth voulait voir de ses propres yeux ce personnage qui incarne aussi le caducée, emblème universel de la science médicale. Elle s'est décidée à entreprendre ce voyage lors de son dernier séjour à Montréal, après sa rencontre avec Brigitte, et avant de reprendre la route de Moncton. En quittant l'avenue ensoleillée pour une rue secondaire, son regard était tombé sur les grandes images de la Grèce qu'affichait une agence de voyage. Elle n'avait à peu près pas hésité avant de pousser la porte. Et finalement, elle avait complètement oublié de se rendre au salon de coiffure.

Le caducée, *symbole des plus anciens* représentant *une baguette autour de laquelle s'enroulent en sens inverse deux serpents*, illustre l'équilibre qui se dégage de l'intégration de forces contraires. Dans le détail de l'histoire des civilisations, le bâton équivaut à l'*axe autour duquel tourne la terre*, tantôt pilier cosmique, arbre de vie, phallus en érection, tantôt colonne vertébrale, colonne du temple ou colonne de lumière, et tantôt encore bâton-sceptre, symbolisant *le règne de l'esprit sur le corps*. Le serpent, symbole de *l'indifférencié primordial, réservoir de toutes latences... jouant des sexes comme de tous les contraires*, représente par lui-même tous les principes complémentaires, l'âme et la libido, la matrice et le phallus, le mouvement et l'eau, le diurne et le nocturne, le bénéfique et le maléfique, le soufre et le mercure, le fixe et le volatil, l'humide et le sec, le chaud et le froid, la gauche et la droite. La légende du caducée se rapporte donc à ce *chaos primordial (deux serpents se battent) et à sa polarisation (séparation des serpents par Hermès), l'enroulement final autour de la baguette réalisant l'équilibre des tendances contraires autour de l'axe du monde*. Une variation de cette interprétation fait ressortir la nature vaniteuse du serpent, l'enroulement autour du pilier cosmique représentant alors *la vanité domptée et soumise*, transformant du coup le venin du serpent en remède, d'où l'art d'Asclépios, père des médecins et futur dieu de la médecine, qui sut *utiliser les poisons pour guérir les malades et ressusciter les morts*. Comme emblème d'Hermès, messager des dieux et guide des êtres dans leurs changements d'état, le caducée devint le symbole tout désigné de l'équilibre psychosomatique parce qu'il représente *la juste mesure, l'harmonisation des désirs... la mise en ordre de l'affectivité, l'exigence de spiritualisation-sublimation, (qui) président non seulement à la santé de l'âme, (mais) codéterminent la santé du corps*. D'un point de vue yoguique, le caducée autour de la taille de cette Méduse laide et apparemment folle (la bouche grande ouverte, les yeux presque sortis de la tête et les serpents peu rassurants de sa chevelure) illustre le dérèglement qui guette les personnes non éveillées à la conscience cosmique, et qui se nourrissent, par le fait même, d'une image déformée de soi.

La tête appuyée sur le dossier de la chaise, Élizabeth expose son visage au soleil, fermant les yeux pour un moment sur les mythes et les croyances de l'humanité. Le *Dictionnaire des symboles*, de Jean Chevalier et Alain Gheerbrant, repose sur la table, à côté de l'assiette dans laquelle quelques noyaux d'olive baignent dans un peu d'huile et de basilic. Elle rit de se voir rendue en Grèce avec ce livre sous le bras, elle qui a toujours fui la mythologie à cause de ses innombrables personnages enfourchant la vie comme bon leur semble, se fichant d'être de vraies personnes ou des créatures imaginaires. Elle sourit aussi à cette chaleur sur son visage et à cette lumière qui éclaire tout. Dans cette lumière qui porte aux plus exquises rêveries, Élizabeth imagine voir arriver Claude comme par enchantement, lui s'étonnant de la trouver là, elle n'y voyant qu'un aboutissement parfaitement naturel. L'un et l'autre se regarderaient alors longuement dans cette abondance de lumière, se parlant parfois mais à peine, car encore une fois l'insondable et l'innommable.

Mais Élizabeth est soudainement tirée de son demi-sommeil par un passant qui a accroché sa table en se dirigeant vers une table voisine. Ce n'est pas Claude. Il s'agit d'un autre homme, qui s'excuse, mais pas trop. Juste assez pour parvenir à lui demander s'il peut s'asseoir avec elle. Élizabeth lui indique une chaise. L'homme voit le *Dictionnaire des symboles* sur la table et s'aventure à commenter qu'elle *fait ça sérieusement*, avec un accent qu'Élizabeth ne reconnaît pas. Il ajoute qu'en ce qui le concerne, les symboles ne le passionnent pas, mais qu'il parvient à s'intéresser à n'importe quoi quand c'est nécessaire. Ensuite, sur le ton de la confidence, et au risque de paraître un peu bizarre avoue-t-il, il confie à Élizabeth que *faire le nécessaire*, c'est ce qu'il aime par-dessus tout. Élizabeth se demande si elle doit vraiment comprendre ce qu'elle croit comprendre. Elle soupçonne qu'une gifle serait indiquée, mais n'arrive pas à faire abstraction des yeux doux et du sourire innocent de cet homme. Elle pense à l'équilibre des contraires du caducée, se demande si elle est tombée dans quelque sorte de guet-apens touristique ou dans un vrai moment de magie cosmique, dans un bon livre (… et ils s'aimèrent, s'aimèrent, s'aimèrent) ou dans un mauvais film (… et ils s'aimèrent, s'aimèrent, s'aimèrent). Elle décide de ne pas réfléchir trop longtemps et opte pour le bon livre, l'écrira si nécessaire.

Choix de jugements

1953. Chronique d'une naissance annoncée est un livre remarquable. Il forme à ce jour le pivot de l'œuvre de France Daigle et le concentré de toutes les tensions narratives et idéologiques qui l'animent.

François Paré, « France Daigle : intermittences du récit », *Voix et Images*, vol. 29, nº 3 (87), 2004, p. 47-55.

[... D]ans un ballet heureux, France Daigle nous transporte des nouvelles de *L'Évangéline* à la réalité de l'enfant, nous convie à un ballet étrange qui nous fait traverser le monde et la paroisse, l'Acadie et les univers différents de la littérature, de la science et de la politique. Cette dérive articule le roman avec une précision sidérante, toujours neuve, toujours vive, toujours passionnante. Ce refus de la linéarité de la fiction traditionnelle, France Daigle le pousse ici très loin dans un effet ludique et lucide qui rend le lecteur heureux, qui sollicite aussi son discernement et sa curiosité.

Hugues Corriveau, *Trois*, vol. 10, nº 3, printemps-été 1995.

La structure du roman avait suscité ma curiosité par sa virtuosité et sa logique : huit chapitres, chacun divisé en huit temps, deux « intrigues » (Bébé M. en 1953, mais aussi Élizabeth « aujourd'hui »). À cela s'ajoutent plusieurs réflexions sur l'écriture qui mettent en scène, en l'absence de dialogues, la France Daigle devenue adulte.

[...] L'Acadie est au centre de *1953*. C'est elle le personnage principal, c'est son histoire et celle du monde dans lequel elle s'inscrit. Et le quotidien *L'Évangéline* dont on épluche presque systématiquement les éditions en donne le pouls. France Daigle n'avoue jamais être ce Bébé M., même si c'est évident. Elle est pourtant présente, tant dans la façon dont elle met en scène sa famille que par sa vision de l'Acadie.

David Lonergan , *Nuit Blanche*, n° 112, 2011, p. 10-13.

Tout n'est pas simple, en effet. À cet égard, *1953, chronique d'une naissance annoncée* garantit un bel échange et exige du lecteur une assez bonne condition physique, si l'on ose dire, car ce livre est provocateur et déconcertant. En fuite continuelle, l'auteure, à l'instar de ses personnages – Élizabeth, romancière comme elle, Brigitte et Claude –, prend un malin plaisir à brouiller les pistes et à déstabiliser le lecteur. Le récit, réparti sur dix chapitres, éclate de toutes parts ; les assises ou les points de repère du roman demeurent évanescents, insaisissables ; et, comme un leitmotiv, les deux courtes phrases suivantes jalonnent le texte, sans nécessairement l'éclairer : « La balle revient. Chaque balle est un défi. »

Georges Bélanger, *Francophonies d'Amérique*, n° 6, 1996, p. 39-41.

[L]'intégration des voix plurielles et des discours multiples pose nécessairement la question de savoir quelle est la place des Acadiens dans le monde, quel est le centre par rapport à la périphérie, qu'est-ce qui est considéré comme important, et pour qui et pourquoi. C'est ici que *l'Évangéline* comme intertexte central prend tout son sens, car le journal (qui cessa d'exister en 1982) a en effet la double fonction d'informer les Acadiens des importants événements politiques du monde « extérieur », ainsi que de représenter les Acadiens à eux-mêmes, d'être le miroir de leur « petit » monde, d'affirmer leur identité en rapportant les histoires locales. Étant donné que le monde (comme les textes) se constitue par tant de liens qui s'entrecroisent, on peut comprendre que chacun a la liberté de « concevoir le centre du monde à sa façon », comme le reconnaît Garde Vautour.

Monika Boehringer, *1953. Chronique d'une naissance annoncée*, dans Janine Gallant et Maurice Raymond, *Dictionnaire des œuvres littéraires de l'Acadie des Maritimes*, Sudbury, Éditions Prise de parole, 2012, p. 1-2.

Biographie

1953	Naissance à Moncton, le 18 novembre. Elle raconte dans *1953. Chronique d'une naissance annoncée* les problèmes de santé qui l'accompagnèrent, bébé. Son père, Euclide Daigle, est journaliste à *L'Évangéline*.
1969	Participation au documentaire *Éloge du chiac* de Michel Brault.
1971	Obtention d'un diplôme d'études secondaires à Dieppe et Moncton.
1973	Travaille à titre de journaliste au quotidien *L'Évangéline*.
1976	Complète un baccalauréat en littérature à l'Université de Moncton.
1978-1980	Travaille en tant que traductrice à la Société des traversiers Marine Atlantique.
1981	Débute son projet littéraire ; elle publie notamment des poèmes dans la revue *Éloizes* (numéro 3).
1983	Publication de sa première fiction, *Sans jamais parler du vent*, aux Éditions d'Acadie (Moncton).
1984	Publication de son deuxième livre, *Film d'amour et de dépendance*, aux Éditions d'Acadie.
1985	Publication de son troisième livre, *Histoire de la maison qui brûle*, aux Éditions d'Acadie. La même année, elle publie, à Montréal, aux Éditions de la Nouvelle Barre du jour *Variations en B et K*.
1986	En collaboration avec Hélène Harbec, publication,

	à Montréal, aux Éditions du remue-ménage, de *L'été avant la mort*.
1987	Signe la narration du film expérimental *Tending Towards the Horizontal*, de la cinéaste torontoise Barbara Sternberg.
1987-2010	Occupe divers emplois à Radio-Canada Acadie, principalement à la salle des nouvelles.
1991	Publication de *La beauté de l'affaire*, à Montréal aux Éditions de la Nouvelle Barre du jour et à Moncton aux Éditions d'Acadie. Elle reçoit le prix Pascal-Poirier (du Lieutenant-gouverneur du Nouveau-Brunswick) pour l'ensemble de son œuvre.
1993	Publication de *La vraie vie*, à Montréal aux Éditions de l'Hexagone et à Moncton aux Éditions d'Acadie. Certains traits importants de l'écriture de Daigle s'y affirment.
1995	Publication de *1953. Chronique d'une naissance annoncée* aux Éditions d'Acadie. • Parution de *La vraie vie* en version anglaise, dans une traduction de Sally Ross, sous le titre *Real Life* (Toronto, House of Anansi Press).
1997	Elle est accueillie pour une résidence d'écrivain à l'Université de Moncton. • Sa pièce de théâtre *Moncton-sable*, mise en scène par Louise Lemieux, est produite par le collectif Moncton-sable. • Parution de *1953. Chronique d'une naissance annoncée* en version anglaise, dans une traduction de Robert Majzels, sous le titre *1953: Chronicle of a Birth Foretold* (Toronto, House of Anansi Press).
1998	Publication de *Pas pire* aux Éditions d'Acadie. Le livre remporte le prix Éloize, le prix France-Acadie et le prix Antonine-Maillet-Acadie Vie. Il est réédité en 2002, à Montréal, aux Éditions du Boréal.
1999	Sont produites, respectivement par le département de théâtre de l'Université de Moncton et le collectif Moncton-sable, ses pièces de théâtre *Le musée du*

Nouvel-âge, mise en scène par Alain Doom et *Craie*, mise en scène par Louise Lemieux. • Parution de *Pas pire* en version anglaise, dans une traduction de Robert Majzels, sous le titre *Just Fine* (Toronto, House of Anansi Press).

2000 Est produite par le collectif Moncton-sable sa pièce *Foin*, mise en scène par Louise Lemieux.

2001 Est produite par le collectif Moncton-sable sa pièce *Bric-à-brac*, mise en scène par Louise Lemieux. • Elle publie, aux Éditions du Boréal, à Montréal, *Un fin passage*. L'ouvrage sera en lice pour le ReLit Award 2003.

2002 Elle publie, aux Éditions du Boréal, *Petites difficultés d'existence*, qui remporte le prix Éloize et est en lice au prix littéraire des Collégiens du Québec. • Parution de *Un fin passage* en version anglaise, dans une traduction de Robert Majzels, sous le titre *A Fine Passage* (Toronto, House of Anansi Press).

2003 Présentation, sous forme d'atelier de voix, de *En pelletant de la neige*. Il s'agit d'une production du collectif Moncton-sable dirigée par Louise Lemieux.

2004 Production, sous forme théâtrale, de *Sans jamais parler du vent* par le collectif Moncton-sable. La mise en scène est assurée par Louise Lemieux. • Parution de *Petites difficultés d'existence* en version anglaise, dans une traduction de Robert Majzels, sous le titre *Life's Little Difficulties* (Toronto, House of Anansi Press).

2006 Elle est accueillie à l'Université d'Ottawa à titre d'écrivaine en résidence.

2007 Production, sous forme théâtrale, d'*Histoire de la maison qui brûle*, par le collectif Moncton-sable. La mise en scène est assurée par Louise Lemieux et la représentation a lieu à l'Hôtel de ville de Moncton.

2009 Participation à *Éloge du chiac Part 2*, un film réalisé par

	Marie Cadieux pour le compte de l'Office national du film.
2011	Remporte le prix du Lieutenant-gouverneur du Nouveau-Brunswick pour l'ensemble de son œuvre. • Publication de *Pour sûr*, aux Éditions du Boréal. Ce roman lui vaut le prix Antonine-Maillet-Acadie Vie, le prix Champlain, le prix Éloizes et le prix du Gouverneur général du Canada. Avec ce livre, elle est également finaliste au Grand prix du livre de Montréal et au Prix des lecteurs Radio-Canada.
2012	Publication, à l'Institut d'études acadiennes de l'Université de Moncton, d'une édition critique de *Sans jamais parler du vent*, établie par Monika Boehringer.
2013	Les récits *Sans jamais parler du vent, Film d'amour et de dépendance* et *Histoire de la maison qui brûle* sont réédités, en un seul volume, dans la collection BCF (Sudbury, Éditions Prise de parole). • Parution de *Pour sûr* en version anglaise, dans une traduction de Robert Majzels, sous le titre *For Sure* (Toronto, House of Anansi Press).

Bibliographie

Sur l'œuvre de Daigle

Boudreau, Raoul, « Le silence et la parole chez France Daigle », dans Raoul Boudreau, Anne Marie Robichaud, Zénon Chiasson et Pierre M. Gérin (dir.), *Mélanges Marguerite Maillet*, Moncton, Éditions d'Acadie, 1996, p. 71-81.

Boehringer, Monika, « Au seuil du texte daiglien, la couverture : simple illustration ou porteuse de sens ? », dans Monika Boehringer, Kirsty Bell et Hans R. Runte (dir.), *Entre textes et images. Constructions identitaires en Acadie et au Québec*, coll. Pascal-Poirier, Moncton, Institut d'études acadiennes, 2010, p. 221-235.

Den Toonder, Jeanette, « Voyage et passage chez France Daigle », *Dalhousie French Studies*, n° 62, printemps 2003, p. 13-24.

Doyon-Gosselin, Benoit, *Pour une herméneutique de l'espace : l'œuvre romanesque de J.R. Léveillé et France Daigle*, coll. Terre américaine, Québec, Éditions Nota bene, 2012, 383 p.

Dumontet, Danielle, « France Daigle entre autofiction et fiction autobiographique », *Neue Romania*, n° 29, 2004, p. 107-125.

Francis, Cécilia W., « L'autofiction de France Daigle. Identité, perception visuelle et réinvention de soi », *Voix et Images*, n° 84, printemps 2003, p. 114-138.

Lonergan, David, « France Daigle », *Nuit Blanche*, n° 122, 2011, p. 10-13.

Morency, Jean (dir.), « France Daigle », *Voix et Images*, n° 87, printemps 2004, p. 9-107.

Paleshi, Stathoula, « La constance des doubles chez France Daigle : finir par toujours revenir », mémoire de maîtrise, Waterloo, Université de Waterloo, 2001, 116 p.

Paleshi, Stathoula, « Finir toujours par revenir : la résistance et l'acquiescement chez France Daigle », *Francophonies d'Amérique*, n° 13, été 2002, p. 31-45.

Paré, François, « La chatte et la toupie : écriture féminine et communauté en Acadie », *Francophonies d'Amérique*, n° 7, 1997, p. 115-126.

Potvin, Claudine, « L'épaisseur de l'art : art et écriture chez France Daigle », dans Monika Boehringer, Kirsty Bell et Hans R. Runte (dir.), *Entre textes et images. Constructions identitaires en Acadie et au Québec*, coll. Pascal-Poirier, Moncton, Institut d'études acadiennes de l'Université de Moncton, 2010, p. 207-220.

Ricouart, Janine, « France Daigle's Postmodern Acadian Voice in the Context of Franco-Canadian Lesbian Voices », dans Paula Ruth Gilbert et Roseanna L. Dufault (dir.), *Doing Gender. Franco-Canadian Women Writers of the 1990s*, Cranbury, Associated University Presses, 2001, p. 248-266.

Roy, Véronique, « La figure d'écrivain dans l'œuvre de France Daigle, aux confins du mythe et de l'écriture », dans Robert Viau (dir.), *La création littéraire dans le contexte de l'exiguïté*, coll. Écrits de la francité, Beauport, Publications MNH, 2000, p. 27-50.

Entretiens et entrevues

Allard, Claire, « La vraie vie de France Daigle : l'écriture », *Atlantic Books Today*, n° 6, été 1994, p. 3.

Arseneau, Marc, « France Daigle », *Vallium*, n° 6, 1995, p. 38-42.

Bruce, Clint, « France Daigle et l'écriture au juste milieu », *Le Front*, 26 mars 2003, p. 16.

Campion, Blandine, « Éloge du plaisir et de la lenteur. France Daigle et l'espace cérébral », *Le Devoir*, 15 août 1998, p. D1-D2.

Désautels, Sophie, « France Daigle. La Lelouch du roman », *Ven'd'est*, hiver 1993-1994, p. 54-55.

El Yamani, Myriame, « L'Acadie se comprend à mi-mots », *Le Devoir*, 10 octobre 1991, p. B6.

El Yamani, Myriame, « Elles réinventent l'Acadie », *Châtelaine*, août 1992, p. 78.

Lajoie, Claudette, « Personnage remarqué », *Femmes d'action*, vol. 21, nº 2, 1991, p. 33-34.

Leblanc, Doris et Anne Brown, « France Daigle: chantre de la modernité acadienne », *Studies in Canadian Literature / Études en littérature canadienne*, vol. 28, nº 1, 2003, p. 147-161.

Giroux, François, « Portrait d'auteure @France Daigle », *Francophonies d'Amérique*, nº 17, printemps 2004, p. 79-85.

Leblanc, Gérald, « France Daigle, le trésor bien caché », *Le Journal*, 26 avril 1997, p. 18.

Martel, Réginald, « Folklore ou pas folklore », *La Presse*, 7 mai 1995, p. B1 et B4.

Royer, Jean, « Les chemins de l'Acadie mythique à l'Acadie réelle », *Le Devoir*, 15 décembre 1984, p. 30.

Saint-Hilaire, Mélanie, « J'suis manière de proud de toi », *L'actualité*, vol. 27, nº 3, 2002, p. 66-68.

Sur 1953. Chronique d'une naissance annoncée

Comptes rendus

Bélanger, Georges, « *1953. Chronique d'une naissance annoncée* de France Daigle », *Francophonies d'Amérique*, nº 6, 1996, p. 39-41.

Bordeleau, Francine, « L'écriture du roman », *Lettres québécoises*, nº 79, automne 1995, p. 23.

Bourque, Denis, « France Daigle. *1953. Chronique d'une naissance annoncée* », *Études francophones*, vol. XII, nº 1, printemps 1997, p. 192-195.

Corriveau, Hugues, « Effet de réel, effet de fiction », *Trois*, vol. 10, nº 3, printemps-été 1995, p. 233-234.

Godin, André, « 1953 », *Le Front*, 30 août 1995, p. 18.

Jacquot, Martine, « France Daigle. *1953. Chronique d'une naissance annoncée* », *LittéRéalité*, vol. 8, nº 1, 1996, p. 144-145.

Lequin, Lucie, « Sur ma faim… », *Voix et Images*, nº 62, hiver 1996, p. 387-389.

Lonergan, David, « La magnifique histoire de Bébé M. », *L'Acadie Nouvelle*, 7 avril 1995.
Ross, Sally, « Acadian Spring », *Atlantic Book Today*, n° 10, été 1995, p. 8-9.

Analyses critiques

Boehringer, Monika, « *1953. Chronique d'une naissance annoncée* », dans Janine Gallant et Maurice Raymond (dir.), *Dictionnaire des œuvres littéraires de l'Acadie des Maritimes – XXe siècle*, Sudbury, Éditions Prise de parole, 2012, p. 1-2.
Boehringer, Monika, « Une fiction autobographique à plusieurs voix : *1953* de France Daigle », *Revue de l'Université de Moncton*, vol. 34, nos 1-2, 2003, p. 107-128.
Boudreau, Raoul, « Le dire de l'inhospitalité comme poétique du roman », dans Lise Gauvin, Pierre L'Hérault et Alain Montandon (dir.), *Le dire de l'hospitalité*, Clermont-Ferrand, Presses universitaires Blaise-Pascal, 2004, p. 157-166.
Boudreau, Raoul, « L'humour en mode mineur dans les romans de France Daigle », *Itinéraires et contacts de cultures*, vol. 36, 2006, p. 125-142.
Doyon-Gosselin, Benoit, « Le tournant spatioréférentiel dans l'œuvre romanesque de France Daigle », dans Johanne Melançon (dir.), *Écrire au féminin au Canada français*, Sudbury, Éditions Prise de parole, 2013, p. 65-83.
Danielle Dumontet, « Le parcours autofictionnel de France Daigle entre opposition et résistance », *Zeitschrift für Kanada-Studien*, 24, Jahrgang, Nr. 1, Band 44 (2004), p. 86-100.
Paré, François, « France Daigle. Intermittences du récit », dans Jean Morency (dir.), « France Daigle », *Voix et Images*, n° 87, printemps 2004, p. 47-55.

Table des matières

Achevé d'imprimer
en novembre 2014 sur les presses
de l'Imprimerie Gauvin, à Gatineau (Québec).